어떤 경영

양중탁梁重倬 아호 柳泉

1936년 제주 제주시 출생. 1956년 제주사범학교 졸업. 2008년 《시조시학》 신인상 당선. 한국시조시인협회, 열린시학회, 열린시조학회 회원.

yjtuc@naver.com

어떤 경영

—

초판 1쇄 2023년 2월 15일
지은이 양중탁
펴낸이 김영재
펴낸곳 책만드는집

—

주소 서울 마포구 양화로3길 99, 4층 (04022)
전화 3142-1585·6
팩스 336-8908
전자우편 chaekjip@naver.com
출판등록 1994년 1월 13일 제10-927호
ⓒ 양중탁, 2023

—

—

ISBN 978-89-7944-827-6 (03810)

어떤 경영

양중탁 시조집

책만드는집

　언제 어디선가 '도행역시倒行逆施'란 글귀를 본 적이 있다. 대학 교수들이 세상 돌아가는 꼴이 하도 답답하여 〈교수신문〉에 올려놓은 사자성어가 아니었던가. 나 역시 그와 별다름 없는 인간임에랴. 인생 후반전에 낙양落陽 노을일망정 잠깐이라도 맞을 수 있다면 얼마나 황홀할까! 쓴웃음이 절로 난다.

　어쩌다가 늦깎이로 종심從心을 훨씬 넘기어 시조 터앝에 발 들여놓고 15년 허송세월하다가 이제 88이 되고 나서야 거북이처럼, 그나마 99·88이란 소리가 그렇게 좋아서, 장단에 맞춰 겨우 99꼭지를 만들어 시랍시고 넋두리 늘어놓고 있으므로 참 징그럽게 웃기는 일이 아닐 수 없다.

　세상이란 살다 보면 이런 일도 있겠구나! 부끄럽지만 내심 자위하면서….

2023년 2월
양중탁

| 차례 |

2부

3부

4부

5부

1부

화전花煎놀이

양지바른 자드락에 울긋불긋 짝을 지어

오는 바람 입 맞추고 가는 바람 눈짓하고

신명 난
화전놀이에
진달래 향 묻어난다.

알땀이 송알송알 미어질 듯 고운 살결

두견주杜鵑酒*에 목을 축여 찌든 가슴 풀어볼까

앞산에
눈 걷히는 날,
온 산천이 들썩인다.

* 진달래 꽃잎(두견, 참꽃)으로 빚은 술.

정방폭포, 직립의 빛

벼룻길 날래 오르고 하늘 물길 환히 튼다

태평양 휘감아 도는 옥빛 바다 서귀포 연안

물안개 홍예虹霓를 지르고
달려든다,
저! 직립의 빛.

진시황도 군침 흘리고 서불과차徐市過此* 새겼던가,

천만년 이어 내린 영주산瀛洲山** 푸른 물줄기

까마득 벼랑을 내리뛰는
가슴 철렁
저! 직립의 빛.

* 중국 진시황 때 '서불'이란 사람이 불로초를 캐러 왔다 돌아가면서 정방폭포 절벽 중간쯤에 새겨놓았다는 글. '서불이 이곳을 지나갔다.'
** 한라산의 옛 이름.

산빛, 물빛에
－백록담 詩篇 3

저 푸른 수평선에 젊은 꿈을 가득 싣고

초록 물결 넘실대는 이 산장 백록호白鹿號*가

태평양 파도를 탄다, 동·서봉에 돛을 달고.

애끓던 지난 세월 용왕담은 흘러, 흘러

피비린내 구름 걷고 진달래 향 흐무진 곳

백록담, 하늘 문 열고 산빛 일고 물빛 인다.

* 백록담을 세계로 향하여 항해하는 하나의 큰 배로 상징한 것.

매미 울음

후미진 감탕밭에서
예닐곱 해 하루같이

다듬고 닦았건만
맴, 매암, 맴, 불협화음

듣는 이 박수도 없이
높이 앉아 울고 있네.

다시 올 날 기약 없이
그늘 속에 숨어들어

억울해 이슬 먹고
뉘 하나 찾는 이 없고

나 홀로 동동거리는
발자국이 서럽다.

고래 등 타는 바다

서우봉* 줄기 따라 평퍼짐한 금모래밭
어제 핀 해당화가 진홍빛 썰물 띄우고
인어 떼 넘실거리는 오색 물결 찰랑댄다.

무르익은 함덕 불가마 솔개그늘 기웃대고
파라솔 고욤 언저리 실루엣을 드리우는
살팍진 산빛 끌어다 흐드러지게 놀고 있다.

새파란 출렁 바다 아롱다롱 비키니들
하르르 고사리손, 모래성도 쌓고 허물고
구릿빛 철옹성 다지는 하루해가 영화 같다.

하늘 끝 너울 이는 오름 같은 고래 등이
자릿내 씻어내고, 물줄기를 뿜어내고
천지간 쌓인 아픔도 만길 물속 묻고 있다.

* 제주시 함덕해수욕장과 이어져 있는 자그마한 오름.

서우봉, 노을에 젖다

금모래 사박사박 단둘이서 걸어가네,
깍지 낀 열 손가락 봄기운이 찔벅거리고

수평선 저 붉은 융단
걷는 발길 푹신하다.

서우봉 언덕길에 잔잔한 저녁노을
산울림 야호 소리 칡덩굴에 감겨오고

살포시 불어온 바람
앙가슴을 적신다.

몇 겹을 붓질해야 그대 눈길 저리 탈까
사랑도, 애달픈 순간도 저 바다 윤슬처럼

뭉클한 그날 그 물목에
너울지어 밀려드네.

모래밭, 때찔레꽃*

저 푸른 출렁 바다
흰 갈매기 휘휘 날고

열구름 무늬 따라
모래알 반짝거린다

진홍빛
때찔레 빵끗
와실덕실 숨 고르고.

무르익는 삼복더위
질펀하다 서우봉 자락

살랑대는 비키니들
살짝 훑는 실바람도

피 터져 낙조落照 띤 저 꽃
4·3 피멍**
달래주네.

* 해당화의 다른 이름.
** 4·3사건 당시 이 모래밭에서 죄 없이 학살당한 많은 젊은이들의 혼을 상징한다.

하피첩霞帔帖* 1

설동백 피고 지고 예닐곱 해 동지冬至 지나

지나새나 그대 안부 사뢸 길이 먹먹합니다

홍치마, 이 몸 어르듯 엄동 속에 덮으소서.

온 세상 구름 띠 두른 쑥대밭 진탕 속을

파랗게 돋은 풀꽃 뭉개질까 가슴 태우는…

하세월 적소의 설움, 무병장수 비나이다.

애끊는 하루하루 뜬눈으로 지새우고

가지 못한 애태움이 깊은 병 설어와도

어느 날 먹구름 걷힐 때 당신 얼굴 뵈오리다.

* '하피'란 '노을 빛깔의 붉은색 치마'란 뜻으로 다산이, 부인이 시집올 때 입고
온 붉은색 치마를 왕비나 빈이 입던 옷으로 높게 은유한 것. 이 하피첩은 그의
부인이 보내온 치마를 잘라 두 아들 학연, 학유에게 교훈이 될 만한 글을 적은
서첩이다.

하피첩 2

빛바랜 다홍치마, 쓰린 가슴 그러안고

가랑잎 흥건 젖는 먹장구름 자욱할 즈음

칼바람 몰아친 그때, 지난날이 오싹하다.

북녘 하늘 바라보다, 별빛 총총 헤아리다

병 실어 얼룩진 당신 짠한 몸 어찌할까

긴 세월 팍팍한 날은 이 가슴도 먹물이오.

푸네기 한 톨 없이 폐족 뒤끝 남은 풀씨

올올이 곱게 접은 하피첩에 징거매고

뭉거진 어버이 손길, 새겨 살라 이르리.

하피첩 3
‑학연·학유에게

1

부지런 극성 부자는 하늘도 못 막는다?

뭉개지다 남은 풀씨 어찌어찌 돋아날까… 지나새나 헐떡이는 가슴앓이 이 산방에 등잔불 밝혀놓고 오상五常을 파고 있다. "근면으로 재물 쌓고 검소로 가난 이기고" "여력 키워 이웃 돕고 친구 사귀며 내일 기약한다면, 반드시 자손은 재기의 시대 맞을 것이다"

천리는 순환하는 것, 돕는 자를 돕는다.

2

돌팔매 칼부림이 세상사를 찢어대는…

"돌을 던지거든 옥구슬 보내주고 칼을 보이거든 단술로 대접하라" 살다 보면 네 탓 내 탓 투쟁할 일 많다지만 법보다 무서운 게 돌멩이요 칼자루다. 효도하고 우애 있는 착함仁을 배운다면 집안 두루 화평하고 나라가 흥하리라

사람 된 인의예지仁義禮智가 천하에 제일이지.

3

질곡 그 세월 속에 영근 뿌리 뻗어갈까?

"폐족의 아픈 설움 벼슬길 막아서고 정치가는 더욱 멀다. 글을 읽고 맘을 닦아 문장가가 돼야 한다. 백배로 노력하면 성인 聖人이야 못 되겠나", "뜻깊고 정치를 일깨우지 않는 시는 시가 아니다. 학연이는 명심하여라"

적소의 타는 하늘을 유언처럼 물려주고.

하피첩 5
- 매조도梅鳥圖*

주름진 세월 딛고 피어나는 매화 떨기

안아주고, 업고 놀던 아득한 날들 뒤로

어느덧 짝지은 파랑새
먼 뒤태도 애틋하다.

생채기 멍든 그 자국, 속울음 걷어내고

혹세에 물들지 않는 정숙한 현모양처로…

튼실한 사랑의 열매
새록새록 맺어다오.

* 다산 선생이 딸의 결혼식에 참석하지 못함을 안타깝게 생각하며 보내준, 매화
나무 가지에 새 두 마리가 나란히 앉아 마치 원앙을 상징하는 것처럼 그린 그림
과 시를 써 넣은 족자.

사의재 四宜齋*
─다산 생각

1
괴나리봇짐 지고 귀양 천리 탐진골에

미투리 동여맨 채 건밤 저리 뒤척이고

난세에 피 얼룩진 몸, 숙명이라 여기네.

2
온 집안 갈잎 신세, 서학西學은 서리 맞고

살가죽 끝내 말라도 용모는 단정해야지…

낯선 땅, 생경한 얼굴 어느 누가 반겨주나.

3
마지막 얻은 길이 목민 닦는 일이라면

남겨진 뼈대며 살, 혼마저 다 걸어놓고

묵묵히 붓끝을 세워 밝은 하늘 열라 하네.

* 다산이 강진에 귀양 갔을 때 주민들은 문을 닫아걸고 받아주려 하지 않았는데,
어느 주모 한 사람이 골방 하나를 내주어 이곳에서 교육과 학문 연구에 몰두했
다고 한다. '생각思', '용모貌', '언어言', '행동動' 등 네 가지를 반듯하게 하는 집이
라 하여 '사의재'라 불렀다.

찔레꽃 야사

너럭바위 훑고 가는
훈훈한 든바람에

그 모습 사뜻하다
생긋뱅긋 찔레 무리

동구 밖
떠날 수 없는
돌무지 지킴인가.

억새풀 드난살이
생채기 다독이던

옛집은 어딜 가고
달래 또한 언제 올까

무시로
가슴 저미는
그날 그 아픈 사랑.

별을 낚다
－산포조어山浦釣魚*

산지천** 굽이돌아 파랑 이는 서방파제
큰 시름 깊게 드리워 사랑의 별 낚고 있다
무리져 기우는 달이
집어등을 재촉하고.

감실대는 낚싯배들 월척 꿈에 신명 난 듯
콧노래 절로 나고 은비늘 반짝거리고
사라봉 등대지기는
황금 바다 끌고 오네.

별 송송 북녘 하늘 낚싯줄에 걸어놓고
조이고 풀어주고 팔팔 청춘 밤을 새우는
새벽잠 달콤한 시간
새록새록 밝아온다.

* 산지항이 형성된 방파제에서 멀리 낚싯배들이 연등처럼 늘어선 불빛을 바라보
는 경치가 별천지 같다. 영주12경의 하나.
** 한라산에서 산지항 바다까지 흐르는 내川.

비단결, 황금 바다
− 사봉낙조紗峯落照*

한라산을 등에 업고 태평양 건너다보는

깎아지른 이 산정에 붉은 비단 푹신하다

황금빛 저녁노을에
낚싯배들 깜빡 졸고.

몇 겁이나 달궜는지 저리 붉게 붓질하고

만덕할멈** 은광연세恩光衍世***에 내 하루가 타고 있다

석양의 은빛 갈매기
화판 위를 휘휘 날고.

* 제주시 동북쪽 산지항에 인접한 절벽에 우뚝 솟은 오름(사라봉)이 있는데, 이곳
정상에서 바라본 하늘과 바다가 하나 된 황금 저녁놀을 말한다. 영주12경의 하나.
** 조선 정조 때 제주에 큰 흉년이 들어 모두 굶어 죽게 되자, 온 재산을 털어 쌀
을 구하고 궁민을 먹여 살린 거상 김만덕 할머니(1739~1812).
*** 은혜의 빛이 온 세상에 퍼진다는 뜻으로, 김만덕기념관에 소장된 김정희의 친
필 편액.

고사목 枯死木
— 백록담 詩篇 5

검게 탄 구상나무
구름 타고 하늘 가네,

허욕 전대 훌훌 털고
눈보라에 온몸 싣고

천 년은
거뜬하구나!
탐라 땅에 섰으니.

살아 천 년 죽어 천 년
곧게 뻗은 심지 하나

태산같이 쌓인 설움
가슴 깊이 묻어둔 채

묵묵히
저 오름 받치고
안태본 安胎本을 지키리.

오월의 눈빛
— 백록담 詩篇 7

비단구름 자욱하다 우뚝 솟은 백록담에

골골이 쌓인 눈꽃 백록처럼 희디흰데

산철쭉 잔치 바람엔

오월 하늘 익고 있다.

겨우내 치던 눈발, 산사람 발을 묶고

멱 감는 정령들의 옷깃도 여미게 하는

메아리 비취 물빛에

꽃사슴이 울음 운다.

들국화 엘레지

미리내 밤은 깊고

귀뚜리 졸음 오는가?

에는 바람 새치름히

떠난 그대 기다리다

밤도와

홀로 삼경을

잠 못 이뤄

뒤척인다.

이생망*

가늠 못 한 눈높이로 도시 변방 배돌다가
그늘진 길섶에선 고리눈을 부릅뜨고
켜켜이 쌓인 이력서
한나절에 동이 났다.

풍진세상 설움 안고, 흙수저 입에 물고
국적 타령 학벌 타령 끝도 없이 버둥거리다
일 년 내 달려온 길목
가랑이만 찢어졌네.

일용직 문 앞에서 온종일 서성거리다
검기우는 저녁놀에 또 하나 틈새 비집고
오늘은 목울대 풀어
그루잠을 자겠지.

* '이번 생은 망했다'는 뜻의 신조어.

파리지옥

꿀맛 향기 간지러워

쌍방울 눈 남상대다

눈독 쏘는 노림수에

날파리 기겁을 하고

다그쳐
뛰어든 그곳이

천야만야!

도산지옥 刀山地獄.

2부

동백꽃 레퀴엠

입춘 바람 온기 돌까, 잿빛 하늘 바라보다
꽃샘잎샘 낌새 없이 시린 눈꽃 흩뿌리고
황천길 그 차디찬 하늘 살포시 덮어주네.

한 발 앞도 가늠 못 할 캄캄 세상 흙먼지 속
오롱조롱 젖는 눈빛 매정스레 뿌리치고
"십 년 후 돌아오리다!" 빗물 지던 발자국이.

수륙만리 머나먼 길, 연줄마저 다 끊기고
행여나 바람 들세라 노심초사 새우는 밤을
사랑의 몽우리 다섯 봉울봉울 끌어안고.

바다가 길을 막아 바람일까, 구름일까
붉은 이마 붉은 입술 홀로 태운 섬 동백
마지막 가슴을 후비네 "나를 잊지 말아요."

속앓이 긴긴 세월 으슬으슬 빙판길도
칼바람 눈보라에 내려놓는 목숨줄을
돌가이, 묵묵한 그대여! 화염 속에 들고 있네.

너울 벗고 오는 꽃
– 목련화 여인

1
칼바람에 에인 상처, 잊었던 봄 다시 오나
아름드리 품었던 꿈 칠흑 같은 터널 속이다
애달픈 청맹의 눈빛, 너울 벗고 오는가.

2
반백 년을 헤매었다, 고지마다 골짝마다
북두성 자루 메고 별 하나 옷깃에 달고
찬 이슬 가슴 적시며 달빛에 길을 물었다.

찌든 목련 다시 필까, 먹물처럼 시린 발목
소복 차림 피바람 속 너울 이고 살았구나!
구겨진 위문엽서는 입 벌린 채 수북하고.

3
긴긴 세월 설움 안고 떠다니던 원혼인가?
뜰 앞의 검은 그림자, 마른 꽃잎 눈물지고
한세상 응어리 풀어 나를 반겨주소서.

우수雨水, 안개 속 그날 밤

가선진 야윈 몸이 꽃샘바람 기다렸건만
대동강도 풀린다는 우수·경칩 좋은 계절에
어쩌나! 꺼져가는 박동
속수무책 바라볼 뿐.

앞집의 목련 아씨 이제 곧 찾을 텐데
하늘이 내린 온기 무람없이 외면한 채
링거액 꽂은 명줄은
안개 자옥, 답이 없네.

사랑의 열매 다섯, 백수白壽인 어머님 업고
야젓한 손바람은 상수上壽 꿈도 꾸었었는데
그 뚝심 어디다 버리고
쓰린 밤을 새우는가?

긴긴 세월 얼음산도 박새처럼 넘었잖아
오는 봄 중수中壽 고개 한라산 오르자는
그 약속, 세상은 무정타더니
나만 두고 가는 당신.

가랑잎 살붙이 1

1
저잣거리 길섶마다
우수수 지는 지폐

뉘 하나 눈 주지 않는
가랑잎은 지전紙錢처럼

어둠길
가장자리를
수선수선 부스댄다.

2
짙푸르던 지난 시절
호강도 병이 되어

다 같은 젖줄을 물고
어깨 겯던 살붙이들

후르르
서릿바람에
백년 꿈을 접고 있다.

엄지척, 아빠의 지혜?

1

밥술이나 뜬다 하여 불콰해진 철이 아빠
"일등만이 출셋길이다" 온 살림 쏟아붓는
그 뚝심, 짙붉은 눈에 식지 못한 너스레가.

긴긴 세월 꼬리 물고, 수륙만리 철새 같다
바람 따라 구름 따라 떠나가 버린 외아들이
아련한 그림자 속에 빈 가슴만 태우누나!

2

서산마루 걸린 달은 왜 저리 처량할까…
허튼 욕심 걷어내고 무거운 짐 내려놓고
거뜬히 한길 나서면 온 산천이 꽃밭인 걸.

고희古稀 넘는 고갯길에 억새꽃 하늘거린다
순리 따라 걸음걸음, 산 오르고 바다도 가고
노을빛 해당화 피는가? 우리 아빠 엄지척.

징비록懲毖錄

때 없이 불어오는 피비린내 마파람이
굶주린 이리 떼인가? 구름같이 몰려들고
비열한 야사를 안은 채 내숭 떠는 구나방들.

도성은 불이 타고 천하가 피바다인데
가랑이 찢고 찢는 감투싸움 끝이 없네,
허허허 죄 없는 민초들 귀 베이고, 코 깎이고.

시들부들 여윈 풀꽃, 통곡 소리 뒤로하고
임진강 나룻배도 속울음 흑흑거리던
그때 그 파천의 눈물 뼈저리게 가슴 엔다.

도져오는 패거리 행상 끼리끼리 발목 잡고
네 탓 내 탓 진창 싸움 거덜 난다, 나라 살림
사백 년 흙먼지 속에 징비록은 묻혀있고.

바람, 바람

억패듯 혹세무민 우글대는 흡혈귀들
회오리 모진 광풍 서릿발은 칼날 같고
흔들린 나라 사랑이
날로 달로 조여든다.

흩날리는 낙엽처럼 생명줄 짓밟혀도
먹는 놈 튀는 놈은 태평성대 빗장 풀고
민낯을 감춘 무리들
배불리 흥얼댄다.

피 흘린 이국땅에 일백여 년 넘던 바람
'충군애국' 간데없고 '동양평화' 어디 갔나?
애끓던 동의단지회同義斷指會*
하늘 저쪽 울고 있는….

* 1909년, 안중근 의사 등 동지 12명이 죽음으로 구국 투쟁을 벌일 것을 손가락
을 끊어 맹세하고 결성한 단체.

뤼순감옥旅順監獄,* 피에타

한량없이 쏟아지는 주체 못 할 뜨거운 눈물

동에, 서에 신출귀몰 총명했던 그 얼굴이

눈앞에 어른거린다, 우뚝 서는 도마Thomas**였다.

황궁을 피바다로, 국모마저 시해하는…

용서 못 할 야만 행위, 억장 가슴 쓸어내리고

도도한 독립 만세 소리 온 세상 흔들었다.

혹세에 태어나서 고작해야 이립而立 나이

"목숨을 구걸 마라…, 죽음 또한 효도니라"

무릎에 자식 껴안고 박애 정신 일깨우는.

* 중국 랴오닝성에 있는 해상교통이 발달한 도시로서, 제2차 세계대전 당시 일본
이 점령하여 재판소와 감옥을 두었다.
** 안중근 의사의 세례명.

전도몽상顚倒夢想* 프롤로그

바람일까 구름일까, 친구 따라 서울 간다?
논밭 팔아 유민처럼 강남 땅 넓은 벌에
사계절, 바람개비마냥 팔랑팔랑 잘도 돈다.

날로달로 생산 공장 우후죽순 제금내고
내 살림 조리차하던 쌈짓돈도 기를 펴는
온 세상 힘겨루기 마당, 올림픽도 열렸는데.

어쩌다 마구잡이로 나라 살림 이 꼴 됐나!
밤새워 동동거려도 그 세월은 답이 없다
행여나, 행여나 하던 친구마저 사라지고.

복사꽃 흐드러진 고향 하늘 아련하지만
삼십 년 손꼽던 꿈, 관솔옹이 박아놓고
잊으려, 잊으려 해도… IMF 수꿀하다.

---

* 모든 사물을 거꾸로 보고, 헛된 꿈을 꾸면서도 현실로 착각하는 것.

달맞이꽃

코끝 찡한 독의 향을
밤안개에 풀어놓고

와자지껄 열린 품속
뭇별들이 숨어드는…

행여나
누가 보실라
가슴 죄는 달맞이꽃.

갈기갈기 찢긴 가슴
모진 바람 이겨냈건만

반세기 묶인 허리로
어느 전선 지키는지

오늘도
누구를 뵐까
다소곳이 웃는 꽃.

들렁귀*의 봄날
- 영구춘화瀛丘春花**

울긋불긋 산철쭉이
간드러지게 웃고 있다

큰 바위 문 활짝 열고 신선들이 춤을 추던
들렁귀 저 깊은 골에 꽃물 들어 화창한 날.

돌 방석 넓게 펴고
신명 난 어깨춤에

멧새들도 짝을 지어 요분질로 흥이 나고
바람도 쉬어 가려나 그도 저도 숨어든다.

들고 나는 방선문이
궁문처럼 화려한데

감로주 사발치기, 마애명도 홍청대는
꽃달임 화전놀이에 진달래 향 가득하다.

* 방선문訪仙門의 속칭. '신선이 방문하는 문'이라는 뜻.
** '들렁귀 계곡의 봄꽃'이라는 뜻. 영주12경의 하나.

축록전逐鹿戰 1
– 청맹과니

후미진 감탕밭에 쫓고 쫓는 사냥꾼들

노루잡이 꿩잡이로 선혈이 낭자하다

찢어진 생 벼슬 뭉치, 훈장인 듯 번쩍이고.

갈바람 회오리에 황사 구름 몰려오고

바삭바삭 갈잎 지는 서쪽 하늘 먹장인 걸

누군가! 청정무구라 법구경만 외고 있다.

축록전 2
-몽따다

달도 따고 별도 따고
세상 그리 주무르다

한 생을 탈탈 털어
쏟아부은 한강 바다

상앗대
가늠 못 하는
깊고 너른 안개 속이다.

날 선 혀끝 뭇매 맞고
헤매 돌던 어두운 밤길

어쩌다 죄인이 됐나
죽지 내린 석고대죄

먹구름
비바람 속을
몽따고 달아나네.

축록전 3
－ 자규子規

해거름 산허리에

꺼이꺼이 우는 저 새는

묻지 마라 내일이면

집도 절도 다 잃는

칠규七竅로 덩이 피 쏟다

삭신 버린

자규럿다.

축록전 4

정체 모를 불청객이
꽃샘잎샘 움켜쥐고

목울대 풀어놓고
으르렁대던
저잣거리

마스크
걸친 군상들
빙산같이 쌀쌀하다.

'빌어라 무릎 꿇고,
날벼락 맞을까 몰라'…

어허 참!
터무니없이
네거티브 헛발질하는

어느 날
천벌이 내렸나?
휘청휘청 여의도 길.

축록전 7
－노블레스 오블리주

새벽녘 홰울음에
먼 동살 문 열리고

구구구 벼슬 세워
죽지 펴 든 늙은 수탉

누릴 것
혼자 다 누리는
무상無上의 살림이다.

한 모금씩 정성 들여
하늘 높이 우러러보고

욕심 버린 곧은 속내
온 천지로 펼쳐갈 때

여명黎明은
귀가 밝은지
새날 환히 밀고 온다.

축록전 8
-보리깜부기

눈짐작 어리바리 헛짚은 그 보리 씨알
어쩌다 높은 곳에 똬리 틀고 앉았을까?
세상사 뒤숭숭하고
천방지축 서성대고.

발붙이고 새싹 패고 너볏이 영글어가는
옹골진 이랑마다 흙먼지만 펑펑 날고
황금 들 풍년 바람은
가뭇없이 요원하다.

학연 지연 동당 엮은 패거리 바람결에
보일 듯 들릴 듯이 염불 소리 아련하다
애당초 속 빈 쭉정이
걸러내야 하는 것을….

축록전 9
– 무따래기

시절 따라 날아드는
철새 군단 열린 세상

조류독감 막을 길 있나
폭풍 같은 팬데믹인데

속 붉은 떡고물 장수
좌판 열고, 시비 걸고.

내로남불 부라퀴들
뒷발 잡고 늘어지는…

무따래기 그 패거리
집안 살림 무사할까

민초쯤, 아랑곳없구나!
너나없이, 공명조共命鳥*야….

* 불교 일부 경전에 나오는 전설의 새. 한 몸에 머리가 둘 달려있어 한쪽이 잘못
될 경우 둘 다 죽게 된다는 운명의 새.

54

축록전 12
─커밍아웃

나 홀로 속 태우다
사무치는 너의 모습

쫓아가는 시간 족족
멀어지는 먼 그림자

한사코
붙잡고 싶은 너
앙가슴이 불탄다.

긴 세월 설치는 잠
너는 알 리 없겠지?

사랑해선 안 될 사람
오직 하나 이 길뿐인

마지막
떨리는 가슴
무장공자無腸公子
토왜土倭 길.

지옥비*

서울 간다, 대책 없는 우물 안 개구리가
하루해 일 년인 듯 역한 바람 밀고 드는
다리 밑 물구렁 같은
음침한 지하 방을….

똬리 틀고 보낸 세월 억수로 뼈를 깎는
쿵 닥쿵 심장 소리에 형광등도 깜박댄다
멍들고 찌든 가슴은
펴질 날이 언제일까?

어질머리 서울 거리 시절 따라 휘휘 젓네
가로등 뒷골목길 옥탑방도 그려보고
어디쯤 빌딩을 세우나
일확천금 꿈도 꾸던….

어느 날 새파랗게 부서지는 달빛 속에
철석같이 믿던 친구 바람결에 싹 쓸리고
맥없이
서성거리는
발자국이 헷갈린다.

* '지하방, 옥탑방, 비주택(비닐하우스)'의 줄임말.

3부

양버즘나무
−어느 거리의 가로수

태어날 적 어린 속심 버린 지도 오래다
무지갯빛 햇살 받아 굳게 영근 양버즘나무
오로지 대처로 가야 할 푸른 꿈만 꾸었지.

빌딩 숲 으스대는 방패막이 그림자로
덕지덕지 쌓인 오물 차떼기로 마셔가며
불혹의 가슴 저린다, 벗은 발목 시려온다.

정수리 끝물에 앉아 어깨 펴고 살 만도 한데
느닷없이 툭툭 쳐내고 몸통 홀로 덩그렇다
삭막한 이 넓은 거리엔 찬 바람만 몰아치고.

돌아갈 수 없는 그 길, 이대로 버텨 설까?
묵묵히 상처 보듬고 살얼음판 타고 나면
오는 봄 또 다른 물관에 새 가지가 돋겠지.

우듬지 흔드는

백두대간 펼친 땅끝, 덕음산이 곧게 뻗고
날개 접은 봉황새가 녹우당*을 품었는가?
외로 선 으능나무는 굳은 심지 하나로.

안개비가 길을 막는, 보길도 설운 바다
도롱이 쓴 나룻배들 삐걱삐걱 물길 튼다
멍첨지 날 세운 바람이 천지를 뒤엎는데.

높이 뜬 저 구름도, 시절 따라 우는 새도
피멍 든 자국마다 타는 가슴 월출산도
모반의 먹구름 속을, 시나브로 울음 운다.

무리져 기우는 달이 금쇄동**에 다리 놓고
모진 세월 바람 안고 잔별들이 반짝이는
저 하늘 우듬지 흔들고, '오우가'는 낭랑하다.

* 고산 윤선도 유적지의 사당.
** 윤선도 선생은 이곳에서 9년간 은거 생활을 하며 「산중신곡」 19수, 「산중속신곡」 2수 등 많은 작품을 남겼다. 전남 해남군 현산면 소재.

자리물회

물빛이 하도 고와 산지천 돌다 말고
도마 소리 귀 울림이 숨 가쁘게 또닥또닥
"시원한 물회 있수다", 간판 한번 번듯하다.

발걸음 먼저 알고 머리부터 숙여가며
대발에 휘장 두른 세발탁자 끌어당긴다
"무신 회 잡술 거마씸",* 주문 인사 투박하다.

토실토실 속살 모둠, 쓴웃음도 혼자지만
군침 도는 고추장에 풋고추도 푸짐하다
툽툽한 막걸리 한 사발, 막힌 가슴 풀어줄까.

* '무슨 회를 드시겠습니까?'의 제주 방언.

어떤 경영

말 못 할 웅어린가
가슴 깊이 박힌 몽돌

지워도 뭉개봐도
끌 수 없는 불씨들이

해 저문
저녁놀 밭에
감빛으로 타고 있다.

즐거운가, 웃음 아닌 슬픈 일이 더 많던가?
사람 삶이 눈물인 건 각다귀판 투쟁 때문

슬금한
목대잡이가
쌍두마차 끌고 간다.

슬째기* 날 데령가줍서
— 절부암節婦岩**

차귀도 설운 바당*은 황금 땡이* 이십데가,* 돌산 빙빙 성난 물살에 백년가약 맺어놓고, 한목숨 닻줄에 걸언* 극락 가신 우리 님아.

빌레왓,* 테역밭* 이견* 보릿고개 넘었수다 아들딸 하영 나 콕* 부재* 소리 듣젠ᄒᆞᆫ,* 하늘도 무정하던가 이 가슴을 찢어 놓고.

밀물 차는 용수포구 우리 낭군 아니 오고, 엉덕동산 미친바 람이 목 놓아 불러보건만…, 슬째기 날 데령가줍서 천년만년 ᄒᆞᆫ디 살게.*

* 모두 제주 방언. 슬째기 : 조용히(아무도 모르게). 바당 : 바다. 땡이 : 덩어리. 이
십데가 : 있었습니까. 걸언 : 걸어놓고. 빌레왓 : 암반이 많이 깔려있는 밭. 테역
밭 : 잔디밭. 이견 : 일구어서. 하영 나콕 : 많이 낳고. 부재 : 부자. 듣젠ᄒᆞᆫ : 들
으려고 하니까. ᄒᆞᆫ디 살게 : 같이 살자꾸나.
** 조선 말기 제주도 차귀촌이란 마을에 젊은 부부가 살고 있었는데 남편이 고기
잡으러 바다에 나갔다가 거센 파도에 휩쓸려 조난당하고 돌아오지 않자 부인은
기다리다 못해 남편의 뒤를 따르는 것이 도리라고 생각하고 용수리포구의 '엉덕
동산'에 올라가 큰 나무에 목매 자살하고 말았다. 그런데 신기하게도 남편 시신
이 그 나무 밑으로 떠올라, 부부를 합장해 주었다고 한다. 나무 밑에는 큰 바위
가 있어 '절부암'이라 새겨놓았으며 제주도기념물 제9호로 지정돼 있다. 제주도
제주시 한경면 용수리 해안에 있다.

섬 동백, 숨비소리
−해녀박물관

저어새 날아드는 별방진* 초록 바다
천년 영지 다진 물빛 동녘이 밝아오고
올레길 숨찬 걸음이 새 서사 쓰고 있다.

대죽범벅** 허리춤에 보리누름 멀던 시절
부황 든 외동아들 떠나보낸 현해탄 너머
저 바다 검게 타는가, 시퍼런 칼 벼린다.

매운바람 눈비 맞아 섧게 피는 섬 동백
어시미늘*** 설움 안고 앙가슴만 태우고
4·3의 불 지른 땅을 그러안고 살았구나!

오작교 꽃보라가 꿈결인 양 영글어서
수평선 가물가물 꽃 단 배 기다리다
모래땅 갯바위 틈에 시린 발목 파묻고.

하늘도 참 해맑은 날 망사리**** 등에 업고
토끼섬 감돌아드는 애끓는 숨비소리
호오이! 하늘 울리네, 박물관도 돌올하다.

* 제주시 구좌읍 하도리(별방리) 해변에 왜적을 막기 위해 조선 중종 때 축조한 석성으로 철새 도래지로 유명하다. 제주도기념물 제24호.
** 수수 가루로 만든 제주의 향토 음식.
*** 부모가 자식을 미늘처럼 정신적·물질적으로 덮어준다는 의미의 조어.
**** 해녀들이 어획물을 담는 그물로 된 자루.

너븐숭이* 수선화

외진 산골 옴팡밭에 설운 풀꽃 피고 지고
반세기 푸른 혈기 벙어리처럼 가슴 앓다
다려도** 열린 바람이
송이송이 피웠는가?

부모 형제 소식 몰라 헤매 돌던 언덕길에
칼바람 눈비에도 굳은 심지 하나로
그 세월 애만 태웠나!
애처롭다, 수선화여.

동지섣달 긴긴밤을 살얼음 호호 불며
애기무덤*** 바람막이 뜬눈으로 지켜 서서
가엾다, 감기 들세라
가려주고 덮어주고.

피바다 붉은 송이 처절했던 저 영령들이여
아픔일랑 꽃으로 피고 눈물일랑 가슴에 묻고
설원의 봄비 내리는
꽃동산을 만들자.

하늘, 눈물 고개
－산방산山房山* 할미꽃

하늘 끝 맞닿은 고개 열두 굽이 돌아드는
길 잃고 목마른 생령, 품에 안는 저 산자락
뚝, 뚝, 뚝, 흐르는 물은
미륵보살 눈물인가?

희끗한 동녘 햇살 천리 묶인 책상다리 풀고
불태운 4·3의 그날 가슴 깊이 묻어둔 채
"온 세상, 화평 주옵소서"
극락왕생 염불 소리.

어시 새끼 다 보내고 홀로 남아 질긴 목숨
산에 들면 뻐꾸기 울음, 물에 들면 바당 울음
구천길 헤매 돌았나!
정화수에 뜨는 꽃잎.

그 꽃잎 눈빛 쫓아 육십여 년 넘던 고개
바람결이 소식인가, 꽃구름 타고 올까
올봄도 졸다가 깨는
언덕배기 할미꽃.

* 제주도 서귀포시 안덕면 사계리에 있는 절벽으로 이루어진 산. 중허리에 천연
석굴이 있어 고려시대부터 수도승이 그 안에 불상을 모시고 도를 닦았다고 한
다. 석굴 천장에서 떨어지는 물방울이 모여 약수가 된다.

호가호위狐假虎威

토끼가 죽으니까 여우가 슬퍼한다?

우정 어린 몸짓으로 눈 껌벅이는 토끼를 보며, "내 이렇게 강한 놈이야" 으쓱대며, 호랑이 앞에 당당히 서서 걸어가는 여우. 먹고 싶은 먹잇감 우글우글하지만, '잘못되는 날이면 천벌을 맞으리라' 지레짐작하고, 꼬르륵 배 움켜쥐고 여우의 명령대로 어슬렁어슬렁 뒤따라가는 호랑이. 아하!… 이런, 이런, 이 여우의 용한 계책을 당해낼 수 있는 나란들 어디 있겠나?… 웅성거리다 숨어버리고, 호랑이 저 모습에 무서워 어찌할 도리가 없어, 죽은 듯이 살아가는 수밖에…. 행여나, 토끼가 죽으면 슬퍼해 줄까 여우가? 그렇다면야 여우가 죽었을 땐 토끼도 울어주겠지. 안 그래? 이 약아빠진 무리들이 무얼 하는지, 눈 가리고 아웅 한다더니 선량한 국민이나 속이고 눈물 나게 한단 말이야…. 남의 눈에 눈물 지우면 제 눈엔 피가 난다는 걸 왜 몰라

이 세상, 허튼 꿈 꾸다간 뒤집어지면 국물도 없어….

노욕老慾 1
― 깡통계좌

하늘 바라 손 비비는
무량대복無量大福 있는갑다

천 년을 살 요량인지
금탑 번쩍 세워놓고

천불산 천수다라니경
멎을 날이 바이없다.

하수下壽 넘는 고개티에
걸머진 짐 갈마쥐고

셈평에 바람 들었나
허위단심 거둬들이다

타짜꾼 깡통계좌에
마감하는 그 인생.

노욕 2
− 아사리판

반세기 훌쩍 넘긴, 음전혈성* 다진 자리
눈비 바람 세다 한들 엮은 매듭 풀리겠나?
애초에 환향還鄕의 야심
안태본을 파고든다.

무릉도원 화폭인가, 너도나도 복지·건설
삼십 년 뒤뿔치기, 노익장 후원회까지
퉁퉁증, 손발이 맞을까
한판 승부 벌이는데.

무따래기 패거리들, 온갖 잡새 날아들고
패꽝스러운 쏘개질로 발목 잡는 '내로남불'
난장판, 먹구름 속으로
주사위는 굴러가고.

* 일이나 행동이 곱고, 의협심과 혈기가 있는 성질.

노욕 3
-아들바보?

먼~길 돌고 돌아 넘어온 숱한 고개
미움도, 서러움도 연륜으로 이겨내는
그 세월 적이 공들인 탑, 바람 차마 들겠나.

느지막 지은 농사 용케도 열매 달렸지
안성맞춤 귀히 맺은 단 두 방울 보물처럼, 발바닥에 흙도 안
묻히고 호호 기르며, 학원이란 학원 다 찾아보고 어렵사리 전
문교육도 마쳤다. 하늘의 별 따기라는 취직도 찬스가 먹혀들
어서 다행으로…. 만근 무게 무거운 짐 내려놓은 기분이다.
아! 그런데, 그런데 말씀이야. 눈비 바람 몰아치는 빙판길 건
너오던 어느 날, 가릴 것도 피할 곳도 모르는 감감 불통 인간
되어, 길바닥에 굴렀다니 속이 상할 대로 상했다
"멀쩡히 생긴 모양새에 하는 일은 별꼴이야…."

아사리판 출근길에 퇴근길은 눈물범벅

날마다 왕따로, 반쪽 되는 자식 몰골 두고 볼 순 없다. 개인
택시가 소원이라니 급히 서둘러 원을 풀어주고, 장가·출가 오
년 치르는 세월에 공들인 탑 기둥뿌리째 뽑혀 나간다. 아~아!
인생살이 이런 게 아닐 텐데…. 사오정四五停을 업어치기 했다
가 오륙도五六盜로 뭇매 맞으며, 육이오적六二五賊에는 도저히
피할 길이 없어, 백방으로 뛰어보지만 앞길은 캄캄할 뿐이다

내 정녕, 자모유패자慈母有敗子*를 몰랐던 건 아닌데.

* 자식에 대한 지나친 사랑이 자식을 방자케 하고, 또는 망칠 수도 있다는 뜻의
고사성어.

노욕 4
– 망신살

헛잠을 자고 있나, 날마다 허튼소리
먹어도 배가 고픈지 눈에 뵈면 주억대고
염치가 어디 붙었어? 먹어야 장땡이지.

허기진 몸맨두리 굶은 여우 분명하다
마른 것, 익은 것들 가량없이 앙귀놓고
남이야 굶거나 먹거나 무사태평 놀아난 날.

호강이 병이 되었나, 마구발방 설쳐대는
하늘엔 먹구름이, 거리마다 시궁창 길이
서둘러 제 무덤 파는가, 천산지산 바장인다.

세월이 하 무정하다, 온 천지 서릿발 치고
세상엔 공짜 없다고 쓰디쓴 말 뱉어낸다
어쩌다 살煞이 붙었나! 눈도 귀도 다 망가진.

노욕 5
－부메랑

내로라 목자들이 걷어붙인 팔뚝에는
암울한 민초들이 주렁주렁 벌집 같다
꽃방석 다지는 자리, 연륜 타령 그지없고.

동당 묶은 그 패거리 제 안 속이 먼저인지
동풍 안개 차일 속에 수숫잎 꼬이듯이
잔잔히 여문 살림들 폭풍같이 몰아댄다.

황구렁이 담 넘을까, 문단속 굳게 하고
균독 번진 썩은 농창 뿌리째 뽑아야 하는데
코로나 팬데믹처럼 막아낼 길 막막하다.

먹구름 는개 속을 무람없이 흥청거리다
이마빡 깨부수는 돌팔매 날아들었다
제 칼에 제 발등 찍는, 독재 잡는 부메랑.

그날 그 북소리
– 홍의장군紅衣將軍

짙푸른 태백 줄기 펑퍼짐한 의령 벌판에
조국 땅 설움 받쳐 선지 뿜는 횃불 함성
찰비산* 시린 물빛이 충용의 꽃 피웠는가.

한 치 앞을 가늠 못 한 천지 불통 두더지들
탐욕에 부르튼 눈, 염통엔 쉬가 슬고
패거리 진창 싸움에 강토는 피가 말랐다.

먹장구름 하늘 저편 침탈의 강 흘러들고
굶어터진 망나닌가, 이륜彝倫도 날째 먹는
벼랑 끝 피바람 불어 가물댔다 왕조의 성벽.

즈믄 달빛 원망하랴 칠흑 같은 하늘 아래
눈물도 피도 마른 우렁우렁 산 울음은…
기어코, 허리 잘리고 한강은 말을 잃었다.

적토마 광풍 이는 만리장천 북소리가
흡혈귀 목을 치고 치욕 덩이 한을 씻고
붓 꺾어 세운 칼 빛에 온 영혼 새기면서.

그 세월 굽은 허리 허방 집고 허위허위
현고수,** 터지는 북소리 오늘도 들리는 듯
갈기 선 백마의 울음, 삼천리를 울리네.

---

* 경남 의령군 궁류면에 있는 산. 한여름에도 차가운 비가 내리고 물도 차가운
계곡을 이룬다고 한다. 한우산寒雨山의 옛 이름.
** 임진왜란 때 의병 곽재우 장군이 북을 매달아 울려 의병을 모아 싸웠다는 느티
나무. 수령 600년 정도라고 하며 천연기념물 제493호.

누더기 장삼 자락
—승장僧將 서산대사

헛헛한 비움 안고 허튼 세상 관조한다
묘향산이 내 집이요 금강산은 내 길이라
온갖 것 죄다 버린 몸, 오탁五濁을 씻었던가?

승가리* 녹祿을 받고 죽장에 걸망 메고
동에 번쩍 서에 번쩍 헌 누더기 장삼 자락, 바람 일고 구름
타고 삼천리를 포효할 때 지리산 태백산도 천둥 섬광 번쩍였
다. 방방곡곡 메아리쳤다. 창끝에 불꽃 튀는 '가미카제'** 뒤집
어진다. 눈 까지고 목 달아나고 썩은 뗏목 바다귀신들, 또다시
입질 못 하는 고기밥이 되었는가
아미타*** 허황된 욕심이야 뜬구름 같은 것을.

가늠 못 한 한발 앞이 불구덩이 지옥인데
이웃집 그 노략질도 이력 난 이리 떼처럼….

두륜산 맑은 계곡 평퍼짐한 해남 땅이
'삼재불입지처三災不入之處'****이고 '만세불훼지처萬歲不毁之處'
*****라고
천혜의 착한 땅 얻어 저승빚 갚고 가네.

* 중이 탁발하거나 관청에 출입할 때 입는 정장. 법의法衣라 하며 맨 위에 입는 가사袈裟의 일종으로 여러 개의 천 조각을 붙여 만든다.
** '귀신 같은 바람神風'의 일본말로 자살 공격을 뜻한다.
*** '끝없는 목숨無量壽' 또는 '끝없는 광명無量光'이란 뜻으로 부처님의 명호이다.
**** '전쟁, 기근, 전염병이 없는 땅'이라는 뜻.
***** 해남 대흥사는 항상 아름답고 옷과 먹을 것이 끊이지 않을 곳이라 하여 이른 말.

질치암疾馳巖* 불강아지

와 와 와 구렁말 달리는 해남현 큰길가에

자귀 난 수령 행차 방패 돌벽 넘어간다

숨죽인 마부의 걸음, 서털구털 부스대고.

탐욕에 취한 벼슬 짙붉게 흥청대다가

도포 자락 먹물 튀듯 온 고을 개펄 일고

아전의 날아온 돌팔매, 피할 방도 바이없다.

달려라, 잡힐세라 술래잡기 놀이처럼

불강아진 졸고 있고 도둑괭인 배 채우고

허기져 마른 풀꽃들, 돈을볕이 그립다.

* 『다산필담茶山筆談』에 "해남현 북쪽 30리 지점 큰길가에 돌벽이 있는데, 재물을
탐내고 부정한 짓을 하던 수령이 떠날 때마다 아전과 백성이 그곳에 숨었다가
죄를 꼬집었기 때문에 방백이 여기에 당도하면 빨리 줄달음쳐 피하려 하므로 이
름을 '질치암'이라 했다"라고 적혀 있다.

소라게의 하루

찌든 삶
들락거리는

문도 없는 단칸방을

오늘도 홀로 설치다

밥그릇은 동이 나고

막살이
얹은 등골에

복사뼈가 시리다.

운용매 雲龍梅*

그 누가 운명이랬지?

쓰린 가슴 치지 마라

비틀고 용틀임 쳐도

꽃대궐이 그리웠다

눈 녹는

뜰 앞에 서서

가지마다

머금은 봄빛.

* 구름과 같이 하얀 꽃을 피워 봄을 제일 먼저 알리는 매화의 일종으로, 가지가 자라면서 뒤틀리고 용틀임하는 것이 마치 용이 나는 모양과 같다 하여 붙여진 이름.

멩도암* 엘레지

1
찔레꽃 흐드러진 멩도암 언덕 길섶
영원히 변치 말자 이 세상 끝 날까지
둘이서 손가락 걸고
뭉클하게 다짐하던.

실바람 솔솔 불고 동구 밖 여문 햇살
청보리 물결 이는 콧노래도 구성지다
그 시절, 찔레꽃 사랑
아, 멩도암 엘레지.

2
영근 씨알 심어놓고 돌아올 날 빌고 빌며
베갯머리 흥건 젖는, 황천 마루 홀로 넘고
기어이 못 오시나요?
부엉새만 저리 울고.

'잘 있었지 고생하오' 귓전에 바람 소리
타는 가슴 움켜잡고 촛농에 새는 밤을
오늘도 진혼탑 씻으리
아, 멩도암 엘레지.

* '명도암明道岩'의 방언. 제주4·3평화공원이 조성된 중산간 마을의 이름.

4부

성산일출봉 城山日出峯에서

갓밝이에 기지개 켜고, 저 바다 몸 부리고
훨훨 타는 불덩이를 왕관처럼 머리에 일 때
물너울 이는 서슬에 푸른 칼을 벼린다.

말발굽 폭약 터져 흰 갈매기 둥지 잃고
숭숭 뚫린 가슴살도, 재갈 물린 긴긴날도
허공 친 파도 소리만 해안선을 때린다.

귀 베이고 코도 깎여 게다* 발에 짓밟혀도
한 손에 빗창** 들고 망사리 등에 업고
호오 획, 호오 획 소리, 저 하늘 죄 울린다.

* 일본식 나막신.
** 전복을 캘 때 쓰는 길쭉한 쇠붙이.

땅굴

어시 새끼 뼈를 묻고, 가마오름* 불 지르고,
푸른 들 푸른 숲이 삼십육 년 잿더미 된 자리
청수리 평화마을에
날아든다, 동박새가.

피죽으로 끼니 잇고, 풀뿌리로 목 축이고
서슬 퍼런 칼자루에 채찍 소리 불꽃 튀고
조랑말 부서진 허리
콧숨 박고 쓰러지고.

게다 발 두더지 눈이 길 아닌 길 땅굴 파다
넓은 섬廣島** 잿빛 하늘에 천둥 섬광 번쩍였다
퀴퀴한 비린내 속을
걸어내라, 이제라도.

* 제주시 한경면 청수리 지경에 있는 자그마한 산. 일제강점기 때 군사기지로 2km의 땅굴을 미로처럼 파놓았다.
** 히로시마.

리틀보이Little Boy*

태어날 적 거친 세상 숨죽이며 살려 했는데

고래 잠 꿈길 속에도 찾아 헤맨 천국의 땅

그 세월 휘황한 꽃밭을 만나보고 싶었다.

삐이구, 삐이구구 하늘 높이 솔개 울음

귀 밝은 두더지 새끼들, 땅굴 속에 깊이 숨고

철모른 어린 양 떼만 광란 속에 불태웠다.

내 비록 뼈와 살 태워 저 하늘 지켰으나

남은 시간 샛별 되어 어두운 밤길 밝혀주는,

천지간 장벽 허물고 안식일을 맞으리라.

* 태평양전쟁 당시 히로시마에 투하한 우라늄 원자폭탄의 이름. 이 폭격으로 가옥 파괴 6만여 호, 사망자 8만여 명, 부상자가 8만여 명이 넘고, 행불자도 수천 명이었다 하므로 엄청난 파괴력이다.

반거충이 별사別辭

1

배운 게 있어야지 아는 것도 있는 법이야

알아야 면장을 한다고 했나? 그래 어쨌거나 전문학교는 나
와야 사람 노릇 한다고 귀가 붓게 듣던 말…. 나라건 백성이건
맨날 남의 나라 종노릇이나 하고, 그게 쇠·몰*이지 사람이냔
말이다. 예부터 모두 헛배운 것들이 저질러놓은 노릇이야, 공
부를 한다면 뭘 어떻게 배워야겠다는 마음 단단히 먹고 해야
지, 돗다** 탈 따먹는 식으로 수박 겉 핥듯 했으니 이 꼴이 됐
지. 못된 버릇들 양반 상놈 타령들이나 하면서 말이지…

뾰족한 국량 못 세워 밤마다 잠을 설치고.

2

청맹과니 벗어난다고 쇠발개발 차이면서

왜놈의 교육 거절하고 서당은 문을 닫고, 앞날이 캄캄했던
그 어느 날 하늘이 내렸을까…, 해방이란 두 글자 금빛인 양
반짝였다. 내 이름 되찾고 우리글 다시 배우는 기쁨, 얼마나
신기하고 재미있는지 밤새는 줄도 몰랐지. 동네마다 야학 열
고 집집마다 글 읽는 소리…

'소년은 쉬이 늙으나 학문은 이루기 어렵다少年易老學難成'고
했던가!

3

그래 '한 치의 시간도 헛되게 보내지 말라―寸光陰不可輕' 했지
이제 막 새로운 세상을 찾았으므로 하는 일은 다 우리의 피
와 살이 되는 것. 힘이 솟고 희망은 샘물처럼 용솟음쳤지, 한
데 말이여 느닷없이 튀어나온 헛배운 무따래기들, 철모른 양
민들을 교란시키고 난장을 피우고, 4·3이란 굴레로 불바다를
만들고 벌레처럼 몰아 죽이고…. 죽기 살기 항쟁으로 번져가
는데, 6·25란 검은 역사가 또다시 천지를 뒤엎는 이 비참한
운명. 배움일랑 고사하고 목숨 보전에 피눈물 쏟는 민초들이
여!…

무지한 반거들충이, 앞날이 캄캄하구나!

* '소와 말'의 제주 방언.
** '뛰다'의 제주 방언.

미끼, 양과자

너도나도 허기진 배 꼬르륵, 꼬르륵

달콤한 목구멍을 사르르 간질이던…

새도록 헛소리 친다, "헬로헬로 기브미."

토끼풀 받아먹듯 부황 난 눈망울들

코 큰 놈 재미 붙여 낚싯줄로 졸졸 끌고

식민지 사슬에 묶여 버둥대던 설움이다.

'다시는 속지 말자' 칼을 갈고 다짐하고

정해년丁亥年* 이른 봄날 관덕정**에 피 뿌렸다

하늘도 무정하구나, 끊지 못한 질긴 줄.

---

* 신탁통치를 반대하고 완전 자주독립을 원하는 학생 시위운동이 시작된 해 (1947년)로 이듬해에 4·3사건이 일어났다.
** 세종 30년(1448)에 병사의 훈련장으로 쓰기 위해 창건했다. 제주를 상징하는 건축물로 제주시 중심가에 있고, 당시는 넓은 광장이었다.

소개령 疏開令

하늘이 떠나라 했는가? 골빼* 묻힌 이 조상 땅을, 구름도 울
고 넘는 고개 넘어 아득한 길
　칼바람, 눈보라 속에 피눈물이 앞을 가린다.

산으로 가야 할까 바다로 가야 하나, 천방지축 이고 진 행렬
개미굴도 아쉬웠다
　무정한 저 하늘 아래 거적 망태 집을 이고.

동가식서가숙에 연줄마저 다 끊어진, 무자년戊子年** 섣달 초
아흐레 저 하늘로 소지燒紙 올리고
　왼동네*** 마구간 얻어 가까스로 연명한다.

팔백여 년 굳어온 고을 갈기갈기 찢긴 터전, 구천길 마루턱
에서 비에 젖는 날개들이여!
　피멍 든 잿더미 속을 속절없이 찾아든다.

* '두개골'의 방언.
** 4·3항쟁이 일어난 해(1948년).
*** 자기 마을이 아닌 다른 동네.

몸살 앓는 바다

가고 오는 정분 끊고 마파람에 파랑 이는
내숭 떠는 긴긴 세월 정든 꽃 다 시들고

깊은 정 단칼에 날리는
호가호위 연출인가?

풍진세상 등에 지고 휘청휘청 쌓인 앙금
패꽝스러운 너스레로 구린 속내 들쑤셔 놓고

동방의 등불*이어라
동녘 하늘 붉게 탄다.

인면수심 네뚜리로 하는 짓이 제 잘난 척
온갖 잡것 끌어안고 몸살 앓는 저 바다는…

울지 마, 성난 파도여!
말전주엔 속지 마.

* 타고르의 시 일부 차용.

94

벼랑 끝 민초들 1

얼뜨기 설움을 씻고 밝은 세상 살고팠다
코 꿰이고 재갈 물리고 마소처럼 보낸 세월
허망한 종이 울렸나
멍든 가슴 찢어놓고.

허리 잘려 동강 난 땅 흡혈귀만 득실대고
구린내 거간꾼들 구름같이 몰려들고
핍박 속 옥죄는 시상時狀
살아갈 길 막막하다.

종살이 끝났다고 희열하다 뭉개진 잡초
기둥목 하나 없는 부황 난 살림살이들
무자년戊子年, 창槍이나 갈던…
막무가내 민초들인가?

벼랑 끝 민초들 2

서슬 퍼런 동공瞳孔에다 색안경 짙게 쓰고
머리꼭지 곤두서는 먹구름 자욱하다
으르렁, 호랑이 발톱 거둘 날은 언제일까.

"빠짐없이 다 나오시오 공회당 마당으로"
삼거리 가두방송이 온 동네를 뒤흔드는데, 간간이 들려오는
비명 소리, 총소리에, 오금 저린 늙신네*들 기절초풍 쓰러진
다. 군홧발에 뒤채이고 흙탕물에 나뒹굴고, 도살장 가는 소처
럼 박박털멍** 아귀조산*** 말 못 하고. 식구들 노치크냐****
손에 손을 꽉 잡고 새파랗게 주눅 든 마당. 불호령이 떨어진
다. "모두 거기 앉고 눈 감아. 머리 숙여!"… 쥐 죽은 듯, 적막
강산이 가슴을 짓누른다. 전방에 설치된 세 발 벌린 기관총은
이제 곧 불을 뿜을 태세다…. "하느님이시여! 저희들 살려주옵
소서, 무슨 죄입니까 아무 죄도 없습니다." 목구멍에서 타들어
가는 염불인가, 염불인가? 뒤숭숭, 몇몇이 끌려 나가는 모양이
다. 탕탕 탕 탕탕 타당 콩 볶듯이 조크르***** 뒷밭에선 이유도
죄목도 알 수 없는 총살형이 계속되고…
저세상 형문刑問에 서는 날, 우린 뭐라 답을 할꼬.

콩 태작*
−세상, 말세

튀는 놈은 사라날 끼여
무슴 대로 드라나라
산폭도도 무습고
서북청년 못된 놈덜
시상에 어딜강 살코
바당일까 산엘 가카.

튀어난 콩 혼 말 넘고
장만훈 콩 두 말가옷
고바둠서 머글 양식
일 년만 준덤시민
시상이 끝장나던지
살던 죽던 홀 꺼여.

ᄉ방으로 잘 슬피라
개놈덜 오람시냐
심지민 끄짱이여
사라날 길 어쭈마는
후닥닥 드라나야지
죽더라도 돗땅 죽게.

98

[풀이]
콩 타작

　튀는 놈은 살아날 거다/ 마음 가는 대로 달아나라/ 산폭도도 무섭고/
서북청년 못된 놈들/ 이 세상 어디 가야 살까/ 바다일까 산으로 갈까.

　튀어 나간 콩 한 말 넘고/ 다듬어놓은 콩 두 말 반/ 숨어서 먹어야 할
양식/ 한 해만 견디고 있으면/ 세상이 끝장나든지/ 살든 죽든 할 테지.

　사방으로 잘 살펴라/ 개놈들 오고 있나/ 붙잡히면 끝장이다/ 살 방법이
없다마는/ 후닥닥 도망가야지/ 죽더라도 뛰다 죽게.

---

* 4·3항쟁 당시, 민초들은 피란避亂 다니면서 식사 준비를 할 수 없어 '콩강정'을
많이 만들어 몇 달이고 견뎌낼 준비를 했다.

우우로 느리는 물

우우로 느리는 물이
발등에 진덴 흐영게
쓰멍에도 어신 공빈
밥이 나멍 집이 나카
옛부터 높은 베슬와치
귀양살이 몬딱 와시네.

고롬 터진 칼부림에
대느리는 꽃방석일까
부기영화 구중궁궐
흥창망창 먹고 놀고
온 백성 굼꼬 지지고
화탕지옥 뜨로 업쩌.

쉬·물ㄱ치 기여봐사
초근목피 대죽범벅
공출은 어떵 흠광
글공비랑 말도 말라
수백 년 썩어온 시상
구진물만 흘럼쩌.

[풀이]
위에서 내리는 물

위에서 내리는 물이/ 발등에 진다고 하던데/ 용처도 없는 공부는/ 밥이 나고 집이 나올까/ 예부터 높은 벼슬아치/ 귀양살이 모두 왔는데.

농창膿瘡 터진 칼부림에/ 대물리는 꽃방석일까/ 부귀영화 구중궁궐/ 흥청망청 먹고 놀고/ 온 백성 굶고 지지고/ 화탕지옥 따로 없다.

소·말처럼 일해봐야/ 초근목피 수수범벅/ 공출은 어떻게 하고/ 글공부는 말도 말라/ 수백 년 썩어온 세상/ 구정물만 흐른다.

101

도레미타불

물 타고 쇠도 무랑
목장 출왓 너븐 뱅뒤에
육지서 오람싱가
무쉬만 와글와글
테우리 벗어던져됭
서울엔 어떵 가코.

날 새민 드르코냉이
해 지면 각지불에
반 좔멍 책 펴우난
글이우꽈 먹물이주
득 우렁 날 깨워도
머리만 콤콤ᄒ다.

사름 새긴 서울 보내곡
무쉰 나민 시골 보내라
짐 서방은 글 익뜨시
이 서방은 놀래ᄒ듯
날마다 정 일거봐사
도레미타불이네.

[풀이]
도로 아미타불

말 타고 소도 몰아서/ 쇠꼴밭 넓은 들판에/ 육지에서 오고 있나/ 마소들이 와글와글/ 목동을 벗어버리고/ 서울엔 어떻게 갈까.

날 새면 들고양이/ 해 지면 등잔불에/ 졸음 반 책을 펴니/ 글입니까 먹물이지/ 닭 울고 나를 깨워도/ 머리만 캄캄하다.

사람 새끼는 서울 보내고/ 마소는 나면 시골 보내라/ 김 서방은 글 읽듯이/ 이 서방은 노래 부르듯/ 날마다 경經 읽어봐도/ 도로 아미타불이네.

토사구팽 兎死狗烹

1
염치 불고 위정자들 목구멍 포도청인가?
백성이야 어찌 됐건 앞다퉈 꿀꺽꿀꺽
제 목숨 보전할 길목, 어디쯤은 알 만도 한데.

2
비정秕政이면 망국이요, 사욕私慾이면 패가망신
세상 물정 까막눈들, 공짜라면 당나귀도 잡아먹는다는데,
미친개 뭐 주워 먹듯 주는 대로 막 받아먹는 무리들, 그 무리
들…. '잡아먹을 돼지도 잘 먹인다고는 하는디', 내심 걱정들
은 하면서도…. 하기는 영특한 명견이었나 보지, 토끼·노루
싹쓸이 잡아내고, 천하 맹수 호랑이마저 멸종시키니 하사금이
천정부지라. 이쯤 되면야 천하 호령天下號令 광풍 일고 숨탄것
들 다 죽은 목숨 아닌가?
끽소리 내기만 했다간 모두 다 생죽음이야.

3

내 뱃속 탄탄하면 남이야 굵든 말든

수천 년을 지녀오던 보물단지 기름진 땅. 마구잡이 불 지르고, 파헤치고 훔쳐내고, 인간이라면 차마 하지 못할 광병狂病 들린 오니鬼* 같은 무리들, 그 무리들…. 이름도, 말들도, 머리마저 바꿔놓고. 코뚜레 있으나 마나 줄줄 끌려가야 하는 도깨비에 홀린 세상. 아~아, 어찌어찌 연명했단 말인가! 목줄 잡힌 소·말이 따로 있겠나?

잘 기른 충견이라면 생명의 은인도 된다는데….

* 인간을 교란시키고 해치는 행위를 하는, 일본의 도깨비.

태백산 호랑이*
— 절명시를 읽다 3

"낙목이 가로놓인 한 서린 단군의 터
남아 이십칠 세에 이룬 것이 무엇인가?
나그네 가야 할 길에 가을바람 쎀구나!"**

시국은 난국이다, 나라 운명 풍전등화

밭 갈고 씨 뿌리고 오곡이 충만할 때, 글 읽고 과거 보고 효
도함이 내 삶인데, 굶주린 오랑캔가 태곳적 원흉들인가? 황제
를 능멸하고 황후를 참살하고, 시신을 불태우고 황궁을 피바
다로…. 허 허 허 광기 들린 도깨비들, 아니면 분명 이 세상 다
시없는 미개한 야만 족속들…. 나 지금 열아홉, 피가 끓고 참
을 수가 없구나!

기어이 한목숨 걸고 이 원수를 갚으리라.

뭉쳐라 청년들이여! 내 뒤를 따르라

동서남북 신출귀몰 태백 준령 강풍 일고, 수백 수천 뭉친 의
병 피비린내 열광 속에 태백산 소백산 백암산 일월산, 산악마
다 동네마다 칼바람 몰아쳤다. 풍비박산 줄행랑치던 왜놈들
매수 작전 벌였던가? 황금에 눈이 멀어 말려든 반거충이 매국
노들, 밤잠 노린 숨은 칼끝 장군 목에 꽂았다니…

누구냐, 나를 찌른 자! 애석하다, 나라 운명 어찌 되는가?

106

도해순국 蹈海殉國*
－절명시를 읽다 5

1

"오백 년 조선왕조 엉킨 가슴 피가 끓고
항일 투쟁 십구 년 내 머리엔 서리 지는데
어버이 여읜 서러움, 나라 잃은 아픔까지.
백 가지 골머리에 계책 없는 먼산바라기
열불 나는 이 괴로움 동지冬至 해안 찾아간다
저 바다 하얀 물결 속, 여한 없이 묻히리."

2

망국의 설움 안고, 심해가는 온갖 핍박

청일전淸日戰에 승리한 왜군 기세등등 활개 친다. 동학군 다
죽이고 국모마저 시해하고, 여세 몰아 러일전露日戰에 이기고,
'한일협약'이니, '보호조약'이니, 허울 좋은 거짓 조약을 강제
로 맺어가며, 대한제국 삼켜버렸다. 아~아 괴롭다. 이 일을
어쩌나! 이 목숨 다 바쳐 나라를 되찾아야 한다. 온 나라 피바
다요 방방곡곡 통곡 소리뿐…. 사재 털어 싸웠건만 날마다 쌓
이는 건 주검 무더기, 매국노들 칼부림에 애먼 백성들만 날아
나고, 맷돌에 계란 치기 이제 그만 망한 싸움. 아~! 이 치욕
덩이 씻을 날 언제일까? 원통하다. 개죽음은 할 수 없다. 이
불붙는 가슴 어디로 나가볼까?

저 바다 깊숙이 누워 조국 광복 지켜보리라.

현고수懸鼓樹

한우산 찰비계곡 찰랑대는 세간리에
재 너머 불어온 바람, 이 한 몸을 살찌우고
볕뉘에 쌍무지개 뜨는
의령 땅이 어룽진다.

오랑캐 족속인가? 이골 난 노략질에
막무가내 만행蠻行의 춤, 세상천지 피바다다
이거 참! 속수무책이라
당할 재주 막막하다.

여봐라! 북을 울려라, 방방곡곡 피가 끓고
동에 번쩍 서에 번쩍 광풍 이는 분홍 철릭
그 함성 저 하늘 울리고
도적 무리 몰아낸다.

속앓이 사오백 년 굽은 허리 고쳐 짚고
비슬산 찾아갈까 별자리에 길을 물어
천년의 푸른 절개로
예연서원 꽃피울까.

잿빛 하늘

1
타다 남은 원혼인가 먹구름 일고 있네
칠십여 년 공양 염불, 잿밥에 티가 묻어
해 질 녘 서산 붙들고 부정풀이 춤사위다.

2
제물 된 숱한 목숨 천국 궁전 배불리고
온 세상 움켜쥐고 보물섬도 붉은 욕심에
강대국 카이로선언*이 바람결 아옹개비지.

매 잡으러 단검 빼고 깊은 물속 머리 꽂는
하늘, 바다 높고 깊은 줄 무슨 수로 가늠할까
묵묵히 리틀보이는 저 하늘에 잠들었는데.

3
귀먹고 눈멀어도 세 치 혀는 날름대고
구린내에 입질하는 도져가는 망언병은
한 세기 못 걷어 넘긴 지리멸렬 원흉이리.

* 제2차 세계대전 중인 1943년 카이로에서 미국, 영국, 중국이 발표한 공동선언.
일본의 무조건항복과 한국의 독립, 만주·대만의 중국 귀속을 선언하였다.

연鳶타발*

목말 탄 보리동지 철새 등을 갈아타고
산 넘고 바다 건너 천리 유랑 빈털터리
한 세월 가지 말아라
태산 같은 내 할 일이….

멍첨지 시퍼런 칼 천방지축 휘두르고
벼락감투 설쳐대는 반거충이 꼭두각시들
해가림 연놀이 장단에
후진 단물 다 쏟는다.

하늘 동동 올려 보낸 방패연 갈개발이
슬근대는 유리 연실, 거통까지 잘라내고
칼바람 살얼음판엔
피눈물이 뚝뚝 진다.

* '연싸움'의 제주 방언.

사축社畜*

느닷없이 의자 빼고 특별석 마련하네

사오정 사정 모른 귀먹은 원숭이인가

강산이 두 번 바뀌어도 하루하루 기었는데.

성근지게 일 잘하면 높은 자리 앉힌다던,

명퇴 아닌 찍퇴**서를 어딜 들고 가란 건가

흘러온 새파란 하늘 먹구름만 밀려드네.

개미걸음, 황소걸음 허리 편 날 언제였나?

박사란 것 박살 나도록 오체투지 엎드린 날

이제야! 벼랑 끝에 앉아 땅을 치는 황혼길.

* 회사에서 시키는 대로만 움직여야 하는 직장인을 가축에 비유한 말.
** 찍혀서 퇴직당하는 것.

어시미늘

별빛 등진 캄캄 세상
누굴 또 탓할 건가?

비늘 조각 덮어쓴 채
언덕길 헤매 도는

세월에 곁 묻어가는
발걸음이 헛갈린다.

으뜸 되라, 으뜸 되라,
날갯죽지 달아주지만

철퍼덕 떨어지는
천길 굴헝 긴긴날들

어리 속 파리한 몰골
대물림이 아프다.

5부

질곡의 저쪽

코 꿰이고 재갈 물리고 피 말리던 긴긴 세월
이 세상 다시없는 무장 터널 암흑천지에
하늘빛 번쩍거린 날
만세 소리 터졌다.

아리수도 가늠 못 한 내로라 목자들이여!
무따래기 그 패거리, 어느 누가 알았으랴…
하늘땅 뒤집어지는
피바람은 몇 차렌가.

밀썰물 물때 잃은 아둔패기 민초들은
동가식서가숙에 천방지축 허둥대다
이제 막 똬리를 트는가
햇귀 바른 양지 찾고.

배곯은 하이에나? 무덤 죄다 파헤치고
대낮에 날도둑질, 손뼉 치는 반거충이들
어쩌다 백두대간에
호랑이도 얼씬 않네.

끈끈이주걱

양지바른 섬돌 위에

머리 풀고 앉은 여인

"아! 저기 놈팡이들"

간드러지게 손짓, 눈짓…

철모른

떠돌이 제비족

웬 떡이냐 달려든다.

3월 1일, 정해년丁亥年

조이고 몰아대고 타다 남은 가슴팍에
꽃 피고 산새 울고 대지엔 단비 뿌린다
터져라! 시뻘건 함성, 목이 붉은 그 함성….

총소리 요란하고 머리끝 곤두서네
 하늘이 조각나는가? 천지를 뒤흔들고 천둥소리 고막 찢고 먹구름 자욱하다. "사람 살려" "불라주겸저"* 비명 소리 터지는데 못 들은 척 외면하고 사라지는 기마경찰, 갈기 세워 말달린다
 말발굽 치여 넘어진 어린이는 죽어가고.

3·1절 시가행진 피바다로 번져간다
 소리소리 피 토하던 그 시절 따로 없네, 어느 나라 경찰인지 누구를 위한 치안인지 알량한 작자들이 총칼로 윽박지르고 곳곳에 피 흘려 쓰러진 민초들, 투석전 응수하는 아수라장이 되었는가?
 그날 그 욱신거린 상처가 4·3 불씨 될 줄이야….

* '밟아서 죽이고 있다'의 제주 방언.

유년의 바다 1
- 화북포구禾北浦口

굴렁쇠 굴리며 놀던 동구 밖 너른 삼거리
소화전 끌고 당기는, 하늘길 무서웠던가?
날마다 방공훈련에
피할 엄두 못 냈다.

목숨 건 저 먼 바다 연락선이 불에 타고
고향 찾던 형제자매 고기밥이 되는구나!
한밤중 산허리마다
동굴 진지 굴착 소리.

허리끈 조여 매고 피죽 사발 핥던 시절
묵정밭 덤불 속에 칡뿌리로 허기 달래며
징용장 받아 든 형이
시퍼렇게 울던 그날.

귀양살이 들고 나던 눈물바다 화북포구*
환해장성環海長城** 해조음에 소라, 전복 밀고 든다
그 세월 막막한 세상
시린 내 등 쓸어줬지.

* 지금은 어선들만 이용하는 제주시 화북동에 있는 작은 포구이지만 조선시대에는 제주의 관문이라 했을 정도로 큰 포구였다. 송시열, 김정희, 최익현, 김윤식, 박영효 등 당시 대학자 선비(고관대작)들이 귀양살이 들고 나던 항구이기도 했다.
** 제주도 전 해안선을 따라 고려 때부터 조선시대에 걸쳐 왜적의 침입을 막기 위해 빙 둘러쌓은 성벽. 300리(120km) 정도의 길이이며 제주도기념물 제49호.

유년의 바다 2
– 가미카제

산천단* 동굴 진지** 허리 굽은 야윈 곰솔
먼 옛날 달빛 안고 새치름히 눈을 감고
태평한 오백 년 세월
안개처럼 아물대는….

어느 날 예고 없이 운명 같은 공중폭격
팔다리 동강 나고 차폐물들 날아나고
암울한 벼락 같은 세상
살아날 길 막막하다.

수평선 저 먼 바다 갈매기 떼 날아들고
머리채 곤두박고 산화하는 왜병들이
육탄전! 가미카제도
바람결에 사라진다.

* 각종 농사, 재해 예방과 풍년을 기원하는 산신제를 지냈던 제단으로, 성종 때 (1470년) 목사 이약동이 세웠다. 주위에 수령 500년 넘는 곰솔군(8그루)이 천연 기념물 제160호로 지정되었다.
** 일제강점기에 농민을 동원하여 땅굴을 파서 만든 인공 동굴. 일본군 진지로 사용되었다.

유년의 바다 3
– 피신처

학교란 난장판에, 책이란 건 왜놈 말뿐
억패듯 고친 이름들, 불러봐도 먹먹한 귀
차라리 바다로 가자
이 가슴이 확 트인다.

파랑 이는 북녘 하늘 갈매기 그리 날고
뒤오름* 언덕바지 찔레꽃 우북한 그곳
칼바람 바람막이가
내 유년의 안식처다.

썰물 나면 성게 잡고 대죽범벅 저녁 만찬
각다분한 세월 속에 섬 지옥 막장살이
저 바다 물너울 넘어
탈출 행렬 꼬리 물고.

짐 꾸러미 내던지고, 웅성대던 뱃머리에
악몽 같은 공중폭격, 세상천지 아비규환
하늘땅 피울음 소리
멎을 날이 언제일까.

* 별도봉(제주시 화북동 해변에 있는 자그마한 산)의 뒤쪽을 이른다.

유년의 바다 4
- 트라우마 1

눈뜨면 방공훈련, 울력 동원·근로봉사
땅굴 파기 이 산 저 산 두더지 숨어들고
풀뿌리 허기 달랠까
지옥길 파고든다.

채찍에 얼룩진 몸, 악몽으로 밤을 새우고
속바람 견딜 수 없는 세상천지 먹구름 속
저 바다 나를 부른다
어서 오라 손짓한다.

물안경 눌러쓰고, 쏜살같은 작살 끝에
입 벌린 객주리 새끼 살려달라 버둥대는…
살고파? 미안하구나!
원망해도 소용없다.

멍울멍울 엉킨 가슴 피눈물로 헹궈내고
수평선 바다 저쪽 신기루를 좇고 있나
반세기 지고 온 상처
지울 길이 머나먼가?

유년의 바다 5
– 빗장 틀다

쪽문 걸고 들어앉은 옥방 형상 막장살이
학교 공부 포기하고 단식투쟁 외통고집
버텨서 지날 일인가 순사들이 달려든다.

때로는 칭찬받고, 명심보감 읽던 시절
효도가 무엇이고 애국심도 배웠는데
어쩌다 종살이 신세로 피 말리고 있는지.

밭고랑 넘쳐난다 채근하는 호밋자루
"살 테냐 죽을 테냐, 삼 일만 견뎌봐라"
갓밝이, 소 몰고 가는 아버님이 야속하다.

말도 글도 다 싫고 가슴 먹먹 적막강산
어디로 탈출해야 논어論語를 배울 수 있나
그 흉년 공출에 몰려 굶기를 밥 먹듯 하고.

유년의 바다 7
-트라우마 2

신열이 펄펄 끓으면 바다로 가야 한다
유탄에 맞은 상처 미친 통증 이어지고
숨 막힌 고통의 아우성
불꽃 튀는 피눈물이.

길섶에 돋아나다 밟아 뭉갠 쇠비름풀
처방 없는 무의촌의 그 목숨 파리 같다
죽어야 아픔 멎을까
생지옥의 하루하루.

가슴팍 쓰라린 상흔 갯물에 헹궈내고
난바다에 설움 묻고 막무가내 버팅기다
쉼 없는 연자방아인가,
삐걱삐걱 다시 도는….

유년의 바다 10
－명자꽃

나 하나 너는 두 개, 꿀맛 나는 군고구마
먹여주고 생긋 웃는 볼우물이 참 귀엽다
약속해! 돌아오는 그날
기다리고 있을게.

공중폭격 피울음 속, 식솔 잃고 헤매 돌다
드디어 찾은 조국이 소름 돋는 살얼음판
외로이 터울거리는
종종걸음 애처롭다.

파란 물결 텀벙대는 물새 같은 아키코明子*가
살밤 찬 인어였나? 요염스레 꼬리 흔들고
내일은 떠나야 한다는
명자꽃이 사랑옵다.

가지 마라 캄캄절벽, 이글거리는 생지옥을…
명지바람 꽃놀이도 이제 그만 끝장인 그곳
불바다 건넌 그날이
네가 태어난 생일 아닌가?

* 일본에서 살다 귀국한 여자애 이름.

유년의 바다 13

−공중전空中戰

4 : 1 멋진 용전勇戰, 불꽃 뿜는 하늘 저쪽
송골매 날랜 비상, 접근 못 할 일장기인가?

미군기 홀로 판치는
결7호작전決七號作戰* 제주 바다.

대공포 헛방 치고 지상군 뒷북치고
붙는 족족 파리 죽음, 0 : 4 전멸 스코어

얼빠진 가미카제는
숨 죽은 듯 간데없고.

---

* 태평양전쟁 당시, 일본군이 미군으로부터 자기 나라를 지키기 위해 7개 지역
(일본 내 6개 지역, 일본 외 1개 지역)에서 작전을 준비했는데 그중 제주도에서의
작전을 이른다. 당시 제주도엔 일본군 7만여 명이 주둔했었다.

무법천지 1

쇠발개발 짓밟던 왜정 때 이 땅에는

　쌀 한 톨 쇳조각 하나 보전할 길 없었다. 맥주맥* 감자 공출 제충국, 피만지**까지 이름 붙인 산물이면 사정없이 싹싹 쓸어, 가련한 민초들은 입 벌린 채 비틀비틀, 굶기를 밥 먹듯이 풀뿌리가 보양 양식, 글 모르고 말 모르니 세상살이 막막했다. 밥줄을 터준다며 군 속으로 탄광으로, 여자는 위안부로 강제징용 몰아넣어, 배고파 죽고 매 맞아 죽고 해골들은 어디로 보냈는지…. 태어난 게 잘못인가 살아온 게 죄가 되나? 글 잃고 말 잃고 성姓마저 바꾸라고? 아하! 이젠 땅 잃고 조상 잃고 어느 나라 종놈이 되었구나!

　저 멀리 먹구름 드리운 깜깜 하늘 내려앉고.

.

* 맥주 양조의 재료가 되는 보리의 일종.
** '피마자(아주까리)'의 제주 방언.

무법천지 2

종살이 작작 하고 우리 살길 찾아가자고…

호미 들고 괭이 메고 몽둥이로 덤벼보지만 계란으로 바위 치기라 상처만 깊어갔다. 닭이 우는 소린지 죽으란 소린지, '고우코쿠신민노세이시'*를 못 외어 정강이뼈 걷어차이고, 아침마다 저승문 같은 대문 앞에 세워놓고 손뼉 치며 절을 하라는 미치광이 같은 '진자삼파이神社參拜'** 하루하루가 지옥의 구렁으로 빠져드는 듯 정신을 차릴 수 없어 자살자가 생겨나고, 저항이 심해가면 묻지 마 총칼로 들이대는데 당해낼 엄두도 못 냈다. 무법천지에 천하무적이라 굶주린 야수와 같은 무리들, 어디에 기다리고 있을까. 불폭탄이 안성맞춤인데… "'곤조'***가 있으니 탄광으로 보내면 일도 잘하겠군" 줄줄이 묶어 실어내는 악순환이 계속된다. 독립운동이 격렬하면 할수록 압박과 탄압은 점점 심해갔다. 하늘에 원망하고 땅을 치며 통곡해도, 어디서부터 잘못된 판국인지 어디로 돌아가는 세상인지 죽기보다 더 힘든 나날들…

식민지, '민족자결권'****이란 것, 외쳐봐도 소용없고.

* 황국신민서사. 황제국 국민으로서 나라에 충성을 다하라는 일본의 선서문.
** 신사참배. 일본의 종교적인 행사(제사)에 참여하는 의식.
*** '근성根性'의 일본말.
**** 어떤 민족이건 자국의 정치적 운명을 스스로 결정하는 권리.

무법천지 3
– 지겟작대기

험한 세상 어찌어찌 살다 보면 살아진다?

하늘이 도왔는가? 명줄만 이은 채로 "내 무슨 죄를 지어 이 렇게도 비참할까"… 개미 소리 신음으로 쓰러지는 가을걷이 콩 타작 마당, 탕 탕 탕 총소리 따라 피바다로 홍건하다. "폭도 먹이 빨리 치워" 한마디 남기고, 유유히 사라져 버린 국방군 토벌대. 날벼락도 유분수지 이 노릇 어찌할꼬, 울음도 숨죽이 며 박살 난 종지뼈 주섬주섬 쓸어 모은다. 밭 팔고 집 팔고 썩 다 남은 지겟작대기… 앉으나 서나 누워서도 굽힐 줄 모르는 벋정다리, 하늘 받치고 구름 받치고 지게도 받쳐주며, 기둥처 럼 꿋꿋이 버텨 서서 "사람시난 칠십 년도 너머싱게."* 사람 목 숨 이렇게도 참 질기구나!

4·3 때 불태운 올레길, 베체기**만 왕상하고.***

---

* '살다 보니 70년도 넘었다'의 제주 방언.
** '질경이'의 제주 방언.
*** '번성하고'의 제주 방언.

무법천지 4
-죽창

동구 밖에 웅성이던 거적때기 그 보초막
천지를 분간 못 할 칠흑 같은 삼경인데
정명의 마지막 순간을 꿈엔들 읽었으랴.

생즉사 사즉생이라, 어느 누가 말했던가?
날 저물면 죽창 들고 굴왓* 네거리로, 삼 일 거른 돌림날에
'바다·강' 암호를 외며 속속 모여든다. 한 사람 보초 서고 두
사람 엄막에 쉬고, 바꿔가며 날을 새우는, 살을 에는 칼바람에
호호 불고 발 구르고 한 시간이 일 년 같은…, 모든 별 잠이 든
듯 적막강산, 적막강산인데 담 구멍 후려치는 바람 소리 섬뜩
하다
꼼짝 마! 산폭도 두 놈 괴물처럼 달려든다.

철창 끝 번득이고 죽창 소리 와장창 쾅쾅
찌르고, 또 후려치고 죽기 아니면 살기였다.

활활 타는 나무토막 불화살이 날아간다

타격 입은 폭도 한 놈 주춤주춤 기가 죽었나? 우리 대원 휘두른 죽창에 또 한 놈도 후퇴 작전⋯. "추격 마라! 후원 부대 있을 거다 위험하다"⋯. 대원 한 사람은 이미 "폭도여, 폭도여" 외치며 지서로 달려가는 순간이다. 서너 발 총소리가 어두운 밤을 들깨웠다. 오발인지 공포인지 아무도 모르는 일. 우리 대원 한 사람 목숨만 달아나는 총소리였다. 폭도는 잡지 못하고 살려 보낸 아이러니

밝는 날, 선지피 그 거리, 피눈물만 흩뿌리고.

---

* 도로변보다 지대가 낮아 골이 파인 곳에 있는 밭.

무법천지 5
– 정동화리*

어느 놈 몹쓸 자식, 밀세쟁이* 있나 보다

느닷없이 달려드는 칼 찬 놈 쇠발통**이, 챗방* 마루 고팡*
마루 안방 구들 짓밟는다. "네 이놈들, 뭐 하는 놈들이냐 썩 나
가지 못할까?"…, 병약한 늙은 몸에 불화로 받아 안고 잎담배
벗을 삼아 장죽떨이 소일인데. 보리 공출 나록* 공출 젯그릇
도 모두 털려, 사람살이 끝장나고 산송장이 되는 마당. "고레
못테잇테"*** 긴 칼 뽑아 든 헌병 놈 담뱃대를 후려친다. 할아버
진 거꾸러지고 장죽은 두 동강 나고, 나뒹군 정동화리 번개같
이 사라지고…. "청청하늘 날벼락 맞아 죽을 놈들, 죽을 놈들."
목소리도 죽어가는 숨 다 먹은 할아버진…

"세상사 치폐설존齒斃舌存****이다! 아느냐? 이놈들아"….

* 모두 제주 방언. 정동화리 : 청동화로. 밀세쟁이 : 밀고쟁이. 챗방 : 찻방. 고
팡 : 곳간 방. 나록 : 벼.
** 왜병의 군화를 이르는 말. 밑창에 쇠못(징)을 박아서 붙여진 이름.
*** '이거 가져가'의 일본말.
**** 강한 것이 먼저 망하고 연한 것이 오래 남는다는 뜻의 고사성어.

무법천지 6
-M1 소총

강쇠바람 천둥소린가, 허수아비 건들거리고
픽, 픽! 쓰러지는 앞 눈 가린 썩은 낭토막*
저승길 가을걷이가
피범벅인 눈물바다.

무저항 어진 양 떼, 뭇 죽이는 미친 폭정
귀 막고 입 장그고** 허허탄식 막장살이
쿵쿵 쾅, 산골 메아리
산새들도 숨죽이는.

묻지 마 인정사정? "없애버려" 호통 소리
말똥말똥 어린 눈동자, 사바세계 그리는지…
파랗게 돋아난 풀꽃들
짓뭉개는 총부리다.

* '나무토막'의 제주 방언.
** '잠그고'의 제주 방언.

무법천지 8
– 개망나니

"네 남편 내놓아라! 아니면 다 죽인다"

희끄무레 밝아오는 새벽녘 뜰 앞에서 쿵쿵쿵 땅을 치는 무장공비 산폭도들, 마루로 안방으로 쏜살같이 달려든다. "남편 어디 숨겨놨어? 빨리 궷문 열어, 있는 돈 다 내놔" 큰 소리에 잠을 깬 세 살배기 소스라친다. 당황한 폭도 놈들 철창을 휘두른다. 공포에 덜덜 떠는 아이들은 이불을 뒤집어쓴 채 숨죽여 울고 있다. 험한 꼴 보이지 않으려 밖으로 뛰쳐나간 엄마, "아이고 돈 어쑤다 살려줍서 임신 중이우다" 아랑곳없이 찔러대는 철창 끝은 번득이고. "살려줍서어… 사람 살려어…" 외쳐보지만 쥐 죽은 듯 싸늘한 마당. "어느 백정놈 아들 개망나니 그튼 놈들" 중얼중얼 외치며 꺼져가는 목소리, "내 고기 잘들 먹고 잘들 살아봐라"

선혈이 낭자한 마당, 온 세상은 적막강산.

해넘이 노을

1

해거름 산지포구 붉디붉은 노을 타고
갈매기 제 길 가는 재바른 저 날갯짓
어스름 만선 뱃길에
하늘조차 우우 운다.

삼 일이 멀다 하고 피 말리는 공습경보에
손때 묻은 살림 접고 막막한 탈출 행렬
귀청 뗀 뱃고동 소리
쓰린 가슴 후벼 판다.

2

벼랑 끝 대롱대롱 시르죽은 민초들이
일자리 마련해 주고 일당마저 준다는 말
억패듯 유인誘引 채찍에
정신 줄 놓은 건지….

꼬리 잘린 세월이야 잊어야 산다지만
이어갈 핏줄마저 뭉개버린 막장 드라마
누구야! 헬조선*이라고?
내 귀가 먹먹하다.

* '한국은 지옥과 같은, 꿈도 희망도 없는 사회'라는 뜻의 신조어.

제주의 서정성·역사성과
가락의 탄력적 운용

이지엽 경기대학교 국문과 교수·시인

1. 이미지의 서정성

현대시조에 있어서 서정성은 현대적인 감각을 지닌 세련된 것이어야 한다. 구태의연하거나 진부해서는 안 된다. 중언부언하거나 느슨해서도 안 된다. 이미지가 잘 드러나지 않는 시는 죽은 시가 된다. 루이스C. D. Lewis는 이미지의 역할을 신선감, 강렬성, 환기력 등에 있다고 보았다. 이미지는 인간의 보편 정서에 호소할 수 있는 범위 내에서 최대한 신선함을 불러일으키는 기능을 수행한다. 또 시는 함축적이고 운율이 있는 순간의 언어이므로 이미지가 때에 따라 아주 강렬한 인상을 심어주기도 한다. 강렬한 대립이나 대항성 언어가 빚어내는 대결 구조를 통해 분출되는 시적 언어는 분위기를 탄력적으로 바꾸어 놓는다. 또한 지금까지 끌고 왔던 분위기를 일시에 바꾸어 놓는 역할을 수행함으로써 독자의 정서를 전혀 다른 방향으로 새롭게 유도하기도 한다. 그 외 이미지는 진정성, 내밀

성(웅축성, 정밀성) 등에 기여하는 역할을 수행하기도 한다. 진정성
은 시의 이미지가 매우 진지한 것이고 정직한 것이어야 하는 점에
서 그러하며, 내밀성은 시상이 압축의 형태를 지향하면서 고도로
집중된 정감을 필요로 한다는 점에서 그러하다.

　양중탁 시인의 작품은 시의 본질이 가져야 할 이러한 이미지의
제 요건들을 잘 갖추고 있어 신선하면서도 단단하게 시상을 전개
하고 있다.

　　벼룻길 날래 오르고 하늘 물길 환히 튼다

　　태평양 휘감아 도는 옥빛 바다 서귀포 연안

　　물안개 홍예虹霓를 지르고
　　달려든다,
　　저! 직립의 빛.

　　진시황도 군침 흘리고 서불과차徐市過此 새겼던가,

　　천만년 이어 내린 영주산瀛洲山 푸른 물줄기

　　까마득 벼랑을 내리뛰는
　　가슴 철렁
　　저! 직립의 빛.
　　　－「정방폭포, 직립의 빛」 전문

「정방폭포, 직립의 빛」에 나타난 이미지는 이러한 신선감과 강렬성, 환기력을 고루 지녔다. 신선감은 첫 수 초장에서 두드러지게 나타나고 강렬성은 각 수의 종장에서 잘 나타나고 있다. 환기력이 드러난 부분은 둘째 수 초장 부분이다. 폭포의 직접적인 묘사와는 다소 동떨어진 "진시황"의 얘기를 가져온다. 불로초를 캐러 왔다 돌아가면서 정방폭포의 절벽 중간쯤에 새겨놓았다는 글을 얘기한다. 그만큼 시적 대상이 되는 정방폭포가 유명하다는 것을 환기해 주고 있는 셈이다.

저 푸른 수평선에 젊은 꿈을 가득 싣고/
초록 물결 넘실대는 이 산장 백록호白鹿號가/
태평양 파도를 탄다, 동·서봉에 돛을 달고.

애끓던 지난 세월 용왕담은 흘러, 흘러/
피비린내 구름 걷고 진달래 향 흐무진 곳/
백록담, 하늘 문 열고 산빛 일고 물빛 인다.
　－「산빛, 물빛에 － 백록담 詩篇3」전문

백록담을 세계로 향하여 항해하는 하나의 큰 배로 상징하여 백록호白鹿號로 본 것이 흥미롭다. "애끓던 지난 세월"이나 "피비린내 구름"은 제주 4·3과 관련하여 아픔이 있었던 상황을 축약적으로 얘기하고 있다고 판단된다. 이미지가 두드러진 부분은 "초록 물결 넘실대는 이 산장 백록호" "하늘 문 열고 산빛 일고 물빛 인다."

서우봉 줄기 따라 평퍼짐한 금모래밭
어제 핀 해당화가 진홍빛 썰물 띄우고
인어 떼 넘실거리는 오색 물결 찰랑댄다.

무르익은 함덕 불가마 솔개그늘 기웃대고
파라솔 고욤 언저리 실루엣을 드리우는
살팍진 산빛 끌어다 흐드러지게 놀고 있다.

새파란 출렁 바다 아롱다롱 비키니들
하르르 고사리손, 모래성도 쌓고 허물고
구릿빛 철옹성 다지는 하루해가 영화 같다.

하늘 끝 너울 이는 오름 같은 고래 등이
자릿내 씻어내고, 물줄기를 뿜어내고
천지간 쌓인 아픔도 만길 물속 묻고 있다.
　　－「고래 등 타는 바다」 전문

　제주의 함덕해수욕장 정취를 서정적 화폭에 담아 잘 형상화하고 있는 작품이다. 하늘 끝 너울 이는 고래 등을 오름에 비유하여 친근하게 그리고 있는 점이 주목을 끈다. 이 고래 등이 보여주는 특징적인 외형의 특징적인 모습들을("자릿내 씻어내고, 물줄기를 뿜어내고") 내면화하는 데까지("천지간 쌓인 아픔도 만길 물속 묻고 있다") 나아가고 있다. 시조는 형식적인 제약으로 인하여 내면까지를 형상화하는 데 일정한 한계를 지닐 수밖에 없기 때문에 이러한 노력은 귀하게 읽힌다.

> 말 못 할 응어린가/ 가슴 깊이 박힌 몽돌
> 지워도 뭉개봐도/ 끌 수 없는 불씨들이
> 해 저문/ 저녁놀 밭에/ 감빛으로 타고 있다.
> —「어떤 경영」첫 수

> 후미진 감탕밭에서/ 예닐곱 해 하루같이
> 다듬고 닦았건만/ 맴, 매암, 맴, 불협화음
> 듣는 이 박수도 없이/ 높이 앉아 울고 있네.
> —「매미 울음」첫 수

> 저 푸른 출렁 바다/ 흰 갈매기 휘휘 날고
> 열구름 무늬 따라/ 모래알 반짝거린다
> 진홍빛/ 때찔레 빵끗/ 왁실덕실 숨 고르고.
> —「모래밭, 때찔레꽃」첫 수

각 작품의 첫 수를 인용한다.「어떤 경영」에서 '가슴 깊이 박힌 몽돌 → 끌 수 없는 불씨 → 저녁놀 밭의 감빛'으로 이어지는 묘사가 절묘하다. 무생물이지만 점점 활기차고 확산적인 이미지로 바뀌고 있음이 주목된다.「매미 울음」에서는 6~7년의 인고의 세월을 겪고 나와서도 "듣는 이 박수도 없이/ 높이 앉아 울고 있"는 불협화음의 매미 울음을 "나 홀로 동동거리는/ 발자국이 서럽다"면서 정감 있게 포착해 내기도 한다. 「모래밭, 때찔레꽃」에서는 진홍빛의 해당화가 숨 고르는 모습을 "왁실덕실"이라는 의태어로 실감 있게 포착해 내면서 "피 터져 낙조落照 띤 저 꽃/ 4·3 피멍/ 달래주네"라고 하여 역사적인 슬픔까지를 담고 있는 제주의 꽃으로 조명하고 있다.

양중탁 시인의 시편들은 시 창작에 있어 가장 중요한 요소인 이미지를 효율적으로 사용하여 생생하게 윤기가 도는 시적 분위기를 연출하고 있는 것이다.

2. 제주 정서의 객관화와 세밀화

한 시인이 작품을 창작하는 것은 자기의 둘레를 벗어나기가 힘들다. 에이브럼즈Abrams가 말한 표현론적인 방법은 이에 천착하는 것이지만 작가의 출생이나 교우 관계 등이 문학에 미치는 영향은 적지 않다. 양중탁 시인의 작품에는 시인의 고향인 제주에 대한 정서와 이야기가 많이 등장한다. 너븐숭이, 가마오름, 별방진 등의 지명이나 박박털멍, 노치크냐, 이십데가, 이견, 하영 나콕, 솔째기, 흔디 살게 등의 사투리, 대죽범벅 등의 제주 토속 음식에 이르기까지 폭넓게 제주 정서가 자리하고 있다.

저어새 날아드는 별방진 초록 바다
천년 영지 다진 물빛 동녘이 밝아오고
올레길 숨찬 걸음이 새 서사 쓰고 있다.

대죽범벅 허리춤에 보리누름 멀던 시절

부황 든 외동아들 떠나보낸 현해탄 너머
저 바다 검게 타는가, 시퍼런 칼 벼린다.

매운바람 눈비 맞아 섧게 피는 섬 동백
어시미늘 설움 안고 앙가슴만 태우고
4·3의 불 지른 땅을 그러안고 살았구나!

오작교 꽃보라가 꿈결인 양 영글어서
수평선 가물가물 꽃 단 배 기다리다
모래땅 갯바위 틈에 시린 발목 파묻고.

하늘도 참 해맑은 날 망사리 등에 업고
토끼섬 감돌아드는 애끊는 숨비소리
호오이! 하늘 울리네, 박물관도 돌올하다.
　　－「섬 동백, 숨비소리 － 해녀박물관」 전문

　이 작품에는 제주 정서의 거의 모든 부분이 잘 나타나고 있다. 올
레길, 대죽범벅, 보리누름, 부황, 섧게 피는 섬 동백, 4·3의 불 지른
땅, 수평선 가물가물, 모래땅 갯바위, 망사리, 애끊는 숨비소리 등
의 어휘에서 잘 알 수 있듯 제주는 "올레길"과 "4·3"과 "해녀"를 떠
나서는 생각하기 힘들다. 수수 가루로 만든 제주의 향토 음식인 대
죽범벅과 함께 부황 든 시대를 살아오면서 제주인들은 "시퍼런 칼
벼"렸을 것이다. 셋째 수에서는 암담한 시대 상황에 오로지 견딜 수
밖에 없는 안타까움이, 넷째 수에서는 "모래땅 갯바위 틈에 시린 발

목 파묻고"기다릴 수밖에 없는 섬의 막막함이 잘 형상화되고 있다. 그 가운데 역동적으로 살아있음을 느끼게 하는 제주 해녀의 숨비 소리는 하늘까지 울린다. 그 소리는 결코 낭만의 소리가 아니라 "호 오이!" 애가 끓는 듯한 절체절명의 소리이기 때문이다.

외진 산골 옴팡밭에 설운 풀꽃 피고 지고
반세기 푸른 혈기 벙어리처럼 가슴 앓다
다려도 열린 바람이
송이송이 피웠는가?

부모 형제 소식 몰라 헤매 돌던 언덕길에
칼바람 눈비에도 굳은 심지 하나로
그 세월 애만 태웠나!
애처롭다, 수선화여.

동지섣달 긴긴밤을 살얼음 호호 불며
애기무덤 바람막이 뜬눈으로 지켜 서서
가엾다, 감기 들세라
가려주고 덮어주고.

피바다 붉은 송이 처절했던 저 영령들이여
아픔일랑 꽃으로 피고 눈물일랑 가슴에 묻고
설원의 봄비 내리는
꽃동산을 만들자.

–「너븐숭이 수선화」전문

제주 4·3은 사건이라 부칠 수 없는 안타까운 사연들과 아픔이 집결된 민족사의 비극이라고 할 수 있다. 너븐숭이는 이 당시 부락민 400여 명이 남녀노소 구별 없이 한날한시에 무차별 학살당한 장소로, 제주시 조천읍 북촌리 산간 지역 이름이다. "애기무덤"은 학살당한 어린애들의 무덤으로 참혹한 당시의 상황을 여실히 보여주고 있다. 작품의 도입부 "외진 산골 옴팡밭에 설운 풀꽃 피고 지고"의 유장함이 작품 전체의 분위기를 비극적으로 끌고 가는데, 한 가족이라도 생사를 몰라 애타는 모습을 수선화에 비유하고, 혹한의 추위에 살얼음 호호 불며 애기무덤을 뜬눈으로 지키면서 "가엾다, 감기 들세라/ 가려주고 덮어주"는 애틋함이 독자의 시선을 사로잡는다.

게다 발 두더지 눈이 길 아닌 길 땅굴 파다
넓은 섬廣島 잿빛 하늘에 천둥 섬광 번쩍였다
퀴퀴한 비린내 속을
걷어내라, 이제라도.
　－「땅굴」마지막 수

어시 새끼 다 보내고 홀로 남아 질긴 목숨
산에 들면 뻐꾸기 울음, 물에 들면 바당 울음
구천길 헤매 돌았나!
정화수에 뜨는 꽃잎.

동가식서가숙에 연줄마저 다 끊어진, 무자년戊子年 섣달 초아흐레
저 하늘로 소지燒紙 올리고
왼동네 마구간 얻어 가까스로 연명한다.

팔백여 년 굳어온 고을 갈기갈기 찢긴 터전, 구천길 마루턱에서
비에 젖는 날개들이여!
피멍 든 잿더미 속을 속절없이 찾아든다.
－「소개령疏開令」후반부

「땅굴」은 제주시 한경면 청수리의 가마오름에 대한 내용을 담고
있는 작품이다. 일제가 강점기에 이곳을 군사기지화하여 2km의
땅굴을 미로처럼 파놓았음을 강도 높게 비판하고 있다.「하늘, 눈
물 고개」는 산방산의 천연 석굴을 소재로 한 작품이다. "불태운 4·3
의 그날 가슴 깊이 묻어둔 채" 세상의 화평을 빌고 있는 노모를 할
미꽃에 비유하여 애절한 마음을 담아내고 있다. 새끼들을 다 보내
고 홀로 남았으니 그 애절함을 어찌 말로 다 할 수 있을 것인가.「소
개령」역시 제주 4·3과 관련된 작품이다. 이 당시 중산간은 물론이
고 돌자갈 평지에 있는 조그만 굴에까지도 불을 놓아 모든 것을 잿
더미로 만드는 참상이 일어났다. (다랑쉬오름 밑의 다랑쉬굴이 대표
적이다.) 어린이와 부녀자까지 모두 참화를 당했으니 제주도의 봄
을 바라볼 때 유채꽃의 화사함 이면에 놓인 "피멍 든 잿더미"를 잊
어서는 안 된다.

3. 역사와 전통에 대한 애정과 생생한 사실성

양중탁 시인의 작품에는 또한 역사정신이 살아있고 전통 정서에 대한 애착이 있다.

다산과 관련된「하피첩霞帔帖」연작과「사의재四宜齋」, 의병장 곽재우를 기리고 있는「그날 그 북소리」, 승장僧將 서산대사를 기리고 있는「누더기 장삼 자락」등의 작품들이 이에 속한다.

돌팔매 칼부림이 세상사를 찢어대는…

"돌을 던지거든 옥구슬 보내주고 칼을 보이거든 단술로 대접하라" 살다 보면 네 탓 내 탓 투쟁할 일 많다지만 법보다 무서운 게 돌멩이요 칼자루다. 효도하고 우애 있는 착함仁을 배운다면 집안 두루 화평하고 나라가 흥하리라

사람 된 인의예지仁義禮智가 천하에 제일이지.

　－「하피첩 3 - 학연·학유에게」둘째 수

생채기 멍든 그 자국, 속울음 걷어내고

혹세에 물들지 않는 정숙한 현모양처로…

튼실한 사랑의 열매

새록새록 맺어다오.

　－「하피첩 5 - 매조도梅鳥圖」둘째 수

「하피첩 3」은 다산의 부인이 보내온 치마를 잘라 두 아들 학연과 학유에게 교훈이 될 만한 글을 적은 내용을 담고 있다. "천리는 순환하는 것, 돕는 자를 돕는다"는 생의 보편적 진리나 "정치를 일깨우지 않는 시는 시가 아니다"라는 자신의 철학을 자식들에게 권면하는 내용을 담고 있다. 치마에 편지글을 썼다는 것만으로 뭉클하지 않을 수 없는데 시인은 이를 가벼이 넘기지 않고 연작을 창작하고 있는 것이다. 「하피첩 5」의 '매조도'는 딸의 결혼식에 참석하지 못함을 안타깝게 생각하며 보낸 화첩으로 매화나무 가지에 새 두 마리를 그렸다. 부부가 마치 원앙처럼 해로하기를 바라는 다산의 마음을 읽어내고 있는 작품이다.

1

괴나리봇짐 지고 귀양 천리 탐진골에/
미투리 동여맨 채 건밤 저리 뒤척이고/
난세에 피 얼룩진 몸, 숙명이라 여기네.

2

온 집안 갈잎 신세, 서학西學은 서리 맞고/
살가죽 끝내 말라도 용모는 단정해야지…/
낯선 땅, 생경한 얼굴 어느 누가 반겨주나.

3

마지막 얻은 길이 목민 닦는 일이라면/
남겨진 뼈대며 살, 혼마저 다 걸어놓고/

묵묵히 붓끝을 세워 밝은 하늘 열라 하네.
  -「사의재四宜齋 - 다산 생각」 전문

  사의재는 다산이 강진에 귀양 갔을 때 생각思과 용모貌, 언어言,
행동動의 네 가지를 반듯하게 하는 집이라고 이름을 써 붙인 것에
서 유래한 명칭인데 환경의 악조건을 견디고 교육과 학문 연구에
몰두했던 다산의 뜻을 새기고 있는 작품이다. 백성들이 알아주지
않더라도 그 백성을 끝까지 섬기고자 했던 다산의 뜻에 방점을 찍
고 있다.

  높이 뜬 저 구름도, 시절 따라 우는 새도
  피멍 든 자국마다 타는 가슴 월출산도
  모반의 먹구름 속을, 시나브로 울음 운다.

  무리져 기우는 달이 금쇄동에 다리 놓고
  모진 세월 바람 안고 잔별들이 반짝이는
  저 하늘 우듬지 흔들고, '오우가'는 낭랑하다.
    -「우듬지 흔드는」 후반부

  짙푸른 태백 줄기 평퍼짐한 의령 벌판에
  조국 땅 설움 받쳐 선지 뿜는 횃불 함성
  찰비산 시린 물빛이 충용의 꽃 피웠는가.
    -「그날 그 북소리 - 홍의장군紅衣將軍」 첫 수

헛헛한 비움 안고 허튼 세상 관조한다
묘향산이 내 집이요 금강산은 내 길이라
온갖 것 죄다 버린 몸, 오탁五濁을 씻었던가?
   –「누더기 장삼 자락 – 승장僧將 서산대사」 첫 수

「우듬지 흔드는」은 고산 윤선도를 그리는 작품으로 오래전의 일임에도 방금 전에 일어난 일인 것처럼 현장감 있게 그려내고 있어 주목된다. 셋째 수의 구름과 새, 넷째 수의 달과 잔별의 동사형을 현재형으로 설정한 것은 이를 위한 배려다. 「그날 그 북소리」는 부제 '홍의장군'을 통해 알 수 있듯 임진왜란 때 의병을 모아 왜구에 항거하던 곽재우 장군을 기리는 작품이다. 북을 매달아 울려 의병을 모아 싸웠다는 느티나무 현고수, 아래 터지는 북소리가 마치 지척에서 들려오는 듯이 우렁차다. 「누더기 장삼 자락」은 승장 서산대사를 기리는 작품이다. "허황된 욕심이야 뜬구름 같은 것"임을 일깨우고 있는 작품으로 이 작품 역시 서산대사의 활약을 그리고 있는데, "승가리 녹袈을 받고 죽장에 걸망 메고/ 동에 번쩍 서에 번쩍" "바람 일고 구름 타고 삼천리를 포효"하는 모습을 실감 나게 사설의 가락까지 동원하여 형상화하고 있다.

4. 현실에 대한 날카로운 비판의식

양중탁 시인의 작품에는 또한 현실에 대한 날카로운 인식을 보여주는 작품이 많다. 제주 정서나 역사에 대한 시편들을 통해서 시인의 시대를 바라보는 안목이 예리하고 탄탄함을 우리는 이미 확

인한 바 있다.

느닷없이 의자 빼고 특별석 마련하네/
사오정 사정 모른 귀먹은 원숭이인가/
강산이 두 번 바뀌어도 하루하루 기었는데.

성근지게 일 잘하면 높은 자리 앉힌다던,/
명퇴 아닌 찍퇴서를 어딜 들고 가란 건가/
흘러온 새파란 하늘 먹구름만 밀려드네.

개미걸음, 황소걸음 허리 편 날 언제였나?/
박사란 것 박살 나도록 오체투지 엎드린 날/
이제야! 벼랑 끝에 앉아 땅을 치는 황혼길.
　　－「사축社畜」전문

　아무리 열심히 일을 해도 찍혀서 명퇴의 절차를 밟기도 전에 "찍퇴서"에 의해 감원되는 경우를 우리는 많이 보아왔다. 「사축」은 회사에서 시키는 대로만 움직여야 하는 직장인을 가축에 비유한 말이니 얼마나 굴욕적인 말인가. 평생직장으로 애정을 가지고 근무하던 시절은 어디서도 찾아볼 수 없을 정도로 오늘날의 직장은 이렇듯 삭막하게 변해가고 있다.

별빛 등진 캄캄 세상
누굴 또 탓할 건가?

비늘 조각 덮어쓴 채
언덕길 헤매 도는

세월에 결 묻어가는
발걸음이 헛갈린다.

으뜸 되라, 으뜸 되라,
날갯죽지 달아주지만

철퍼덕 떨어지는
천길 굴형 긴긴날들

어리 속 파리한 몰골
대물림이 아프다.
　　－「어시미늘」전문

　'어시미늘'은 시인이 만든 조어로 부모가 자식에게 미늘을 달고
있는 현실을 나타내는 말이다. 부모라는 존재는 늘 자식 걱정을 몸
에 달고 살아간다. 으뜸 되고 잘되기를 바라지만 자식들은 사고를
치거나 발 한번 잘못 디뎌 철퍼덕 떨어지는 경우가 다반사다. "천길
굴형 긴긴날들"을 살아가는 것이 부모. 더욱이 아이들도 한 집안
에 한둘이 고작이고 생존경쟁이 더욱 치열해진 탓에 "어시미늘"은

우리 모두를 옥죄고 있는 것이다.

반세기 훌쩍 넘긴, 음전혈성 다진 자리
눈비 바람 세다 한들 엮은 매듭 풀리겠나?
애초에 환향遷鄉의 야심
안태본을 파고든다.

무릉도원 화폭인가, 너도나도 복지·건설
삼십 년 뒤뿔치기, 노익장 후원회까지
퉁퉁증, 손발이 맞을까
한판 승부 벌이는데.

무따래기 패거리들, 온갖 잡새 날아들고
쾌꽝스러운 쏘개질로 발목 잡는 '내로남불'
난장판, 먹구름 속으로
주사위는 굴러가고.
—「노욕老慾 2 - 아사리판」 전문

나이가 들어갈수록 욕심을 비워야 하는 것이 세상 이치인데 내
려놓기는커녕 오히려 원칙과 정도를 벗어나 무질서하게 살아가고
있는 현실을 강도 높게 비판한다. "무따래기 패거리들, 온갖 잡새
날아"드는 현장은 자연히 아전인수의 불법이 횡행하기 마련이다.
한국의 정치권에서 우리는 "쾌꽝스러운 쏘개질로 발목 잡는 '내로
남불'"을 얼마나 많이 경험했던가.

5. 가락의 활달한 운용과 자유의식

시조는 자체가 지니고 있는 형식상의 요건으로 인하여 이를 어떻게 운용하는가가 상당히 중요한 문제 중 하나이다. 평시조라 할지라도 각 장을 어떻게 배행하느냐에 따라 효과는 천양지차이기 때문이다. 양중탁 시인은 이 형식의 묘미를 능란하게 활용하고 있음이 주목된다.

벼룻길 날래 오르고 하늘 물길 환히 튼다

태평양 휘감아 도는 옥빛 바다 서귀포 연안

물안개 홍예虹霓를 지르고
달려든다,
저! 직립의 빛.
　－「정방폭포, 직립의 빛」첫 수

팔백여 년 굳어온 고을 갈기갈기 찢긴 터전, 구천길 마루턱에서 비에 젖는 날개들이여!
　피멍 든 잿더미 속을 속절없이 찾아든다.
　－「소개령疏開令」마지막 수

「정방폭포, 직립의 빛」에서의 초·중장 배행은 물길의 빠른 흐름(초장)과 휘감아 도는 느낌(중장)을 잡아내기 위하여 한 행으로 처

155

리하고 있음에 반하여 종장은 직선적이고 단호한 이미지가 잘 드러나도록 간결하면서도 호흡이 짧게 해 한 구까지도 분행 처리를 하고 있음이 주목된다.「소개령」은 각 수가 초·중장과 종장 두 행으로 처리되고 있는데 초·중장을 한 행으로 처리한 이유는 과거의 아픈 상흔을 파노라마처럼 일제히 펼쳐 보이고자 함 때문일 것이다. 말하자면 배행 방식이 시조의 내용과 밀접한 관련이 있음을 보여준다.

차귀도 설운 바당은 황금 땡이 이십데가, 돌산 빙빙 성난 물살에 백년가약 맺어놓고, 한목숨 닻줄에 걸언 극락 가신 우리 님아.

빌레왓, 테역밭 이견 보릿고개 넘었수다 아들딸 하영 나콕 부재 소리 듣젠흐난, 하늘도 무정하던가 이 가슴을 찢어놓고.

밀물 차는 용수포구 우리 낭군 아니 오고, 엉덕동산 미친바람이 목 놓아 불러보건만…, 슬쩨기 날 데령가줍서 천년만년 흐디 살게.
　　　　　　　　　　　　－「슬쩨기 날 데령가줍서 - 절부암節婦岩」전문

이 작품은 제주 사투리가 많이 구사되어 제주 정서가 잘 드러난 작품이지만 형식상 살펴야 할 부분이 있어 이곳에서 거론한다. 이 작품은 평시조 한 수를 한 행으로 처리하고 있다. 왜 시인은 이를 한 행으로 처리한 것일까. 이를 이해하기 위해서는 이 시조의 내용을 보다 자세히 알아야 할 필요가 있다. 이 작품은 차귀촌이란 마을에 내려오는 이야기를 모티프로 하고 있다. 차귀촌에서 조난당한

156

남편을 따라 부인이 용수리포구의 '엉덕동산'에 올라가 큰 나무에 목매 자살하고 말았는데 신기하게도 남편 시신이 그 나무 밑으로 떠올라, 부부를 합장해 주었다는 전설이다. 시적 화자는 남편을 기다리는 아낙이다. 그러니 아낙의 넋두리가 그대로 연출될 필요가 있었을 것이다. 말하자면 시인은 이러한 시적 화자의 넋두리를 잘 소화할 수 있는 형식적 요건으로 줄달음의 배행이 절대적으로 필요하다고 파악했을 것이다. 이 작품은 이렇게 한 장 한 행의 방식을 취함으로써 시적 화자의 애절한 마음을 더욱 집중적으로 부각하는 효과를 가져오고 있으며, 주저리주저리 삼켜내는 가락적 운용을 자연스레 연출하고 있는 것이다.

양중탁 시인은 또한 사설시조를 많이 창작하고 있다. 평시조와 같이 섞어 쓴 옴니버스 시조도 여러 편을 선보이고 있는데 이를 살펴보는 것이 형식의 전모를 살피는 데 좋을 듯하다.

내 뱃속 탄탄하면 남이야 굶든 말든

수천 년을 지녀오던 보물단지 기름진 땅. 마구잡이 불 지르고, 파헤치고 훔쳐내고, 인간이라면 차마 하지 못할 광병狂病 들린 오니鬼 같은 무리들, 그 무리들…. 이름도, 말글도, 머리마저 바꿔놓고. 코뚜레 있으나 마나 줄줄 끌려가야 하는 도깨비에 홀린 세상. 아~아, 어찌어찌 연명했단 말인가! 목줄 잡힌 소·말이 따로 있겠나?

잘 기른 충견이라면 생명의 은인도 된다는데….

─「토사구팽兔死狗烹」 셋째 수

자신의 뱃속만 불리면 타인이야 굶든 말든 상관하지 않는 속물

157

적 근성을 비판하고 있는 「토사구팽」 셋째 수는 사설시조로 초장은 정격이고 종장은 한 음보가 늘어난 형태인데 중장은 음보 수가 상당히 늘어나 있다. 이를 마디 수로 나누어보면 다음과 같다.

(첫째 마디) 수천 년을 지녀오던 보물단지 기름진 땅.(4)

(둘째 마디) 마구잡이 불 지르고, 파헤치고 훔쳐내고, 인간이라면 차마 하지 못할 광병 들린 오니 같은 무리들, 그 무리들….(10)

(셋째 마디) 이름도, 말도, 머리마저 바꿔놓고. 코뚜레 있으나 마나 줄줄 끌려가야 하는 도깨비에 홀린 세상.(10)

(넷째 마디) 아~아, 어찌어찌 연명했단 말인가! 목줄 잡힌 소·말이 따로 있겠나?(7)

각 마디의 음보 수가 4음보-10음보-10음보-7음보로 둘째와 셋째 마디가 첫째, 넷째 마디보다 호흡이 길다. 음보의 배치로 보아 점점 길어지다가 다시 짧아지는 것은 전체적으로 균형을 맞추기 위해 음보를 효율적으로 배치한 것으로 판단된다. 각 마디가 짝수 음보가 주종을 이루는 것은 짝수 음보가 대구를 이루면서 안정을 취하기 쉽다는 점에서 그렇다. 넷째 마디의 홀수 음보는 "아~아"라는 감탄사가 독립적으로 한 음보를 차지하기 때문이라고 볼 수 있다. (대개 감탄사가 동반될 경우 홀수 음보가 된다.)

"낙목이 가로놓인 한 서린 단군의 터
남아 이십칠 세에 이룬 것이 무엇인가?
나그네 가야 할 길에 가을바람 섧구나!"

158

시국은 난국이다, 나라 운명 풍전등화

밭 갈고 씨 뿌리고 오곡이 충만할 때, 글 읽고 과거 보고 효도함이 내 삶인데, 굶주린 오랑캐가 태곳적 원흉들인가?(12)/황제를 능멸하고 황후를 참살하고, 시신을 불태우고 황궁을 피바다로….(8)/허허 허 광기 들린 도깨비들, 아니면 분명 이 세상 다시없는 미개한 야만 족속들….(9)/나 지금 열아홉, 피가 끓고 참을 수가 없구나!(5)

기어이 한목숨 걸고 이 원수를 갚으리라.

뭉쳐라 청년들이여! 내 뒤를 따르라

동서남북 신출귀몰 태백 준령 강풍 일고,(4)/수백 수천 뭉친 의병 피비린내 열광 속에 태백산 소백산 백암산 일월산, 산악마다 동네마다 칼바람 몰아쳤다.(12)/풍비박산 줄행랑치던 왜놈들 매수 작전 벌였던가?(5)/황금에 눈이 멀어 말려든 반거충이 매국노들, 밤잠 노린 숨은 칼끝 장군 목에 꽂았다니…(9)

누구냐, 나를 찌른 자! 애석하다, 나라 운명 어찌 되는가?
　－「태백산 호랑이 - 절명시를 읽다 3」 전문(/표시와 괄호 안의 숫자는 필자)

이 작품은 을미사변과 을사조약에 분개하여, 의병을 일으키고 10여 년 동안 싸우다 암살당한 신돌석 장군의 나라 사랑을 그리고 있는 작품이다. 첫 수는 평시조이고 둘째, 셋째 수는 사설시조로 옴니버스 시조라 할 수 있는데 사설시조는 초장과 종장은 대부분 정격이고(셋째 수 종장만 한 음보 늘어남) 중장이 늘어나 있다. 중장의 음보 수는 각각 12-8-9-5, 4-12-5-9로 나타나고 있다.

평시조든 사설시조든, 각 수를 한 행으로 처리하든 여러 행으로 배행하든 시인이 가장 중요시하는 것은 시조의 내용임을 알 수 있다. 이에 맞게 다양한 가락적 운용을 탄력적으로 하고 있는 것이 양중탁 시편의 중요한 특징 중의 하나이다.

우리는 지금까지 양중탁 시인의 시편들을 살펴보았다. 시상이 압축적이면서도 고도로 집중된 정감을 지닌 내밀성과 배행을 적절히 활용하고 있는 서정성, 제주 정서의 객관화와 세밀화, 「사축」과 같이 아무리 열심히 일을 해도 찍혀 나가는 서민의 애환을 잘 포착하고 있는 현실성 등 작품 안의 내용에 충실하면서도 시조의 형식미를 다양하게 활용하여 서정성과 역사성을 잘 버무리고 있는 시인의 작업은 매우 진지하게 느껴진다. 이 진지함은 정직성을 바탕으로 이루어진 것이라 판단된다.

서정성 위에는 이미지의 신선함이, 제주 정신 위에는 객관화와 세밀함이, 현실성 위에는 날카로운 비판정신이, 역사성과 전통성 위에는 생생한 사실성이 돋보이는 양중탁 시인의 시편들은 이미 독자적인 일가를 이루고 있다. 「고래 등 타는 바다」 등에서 보이는 사물의 내면을 치열하게 투시하는 노력과 진지함마저도 가벼이 날려 보내는 재미성까지가 가미된다면 더 견고한 시업을 이룰 수 있을 것이라 믿어 의심치 않으며 이 글을 마친다.